TAKE
SHOBO

転生王女は今世も虐げられていますが冷酷陛下に甘く愛されてます

水島 忍

Illustration
なおやみか

蜜猫
MitsunekoF

contents

イラスト／なおやみか

転生王女は今世も虐げられていますが冷酷陛下に甘く愛されてます

プロローグ

「えっ……わたしが結婚？　ヴァルト王国の国王と？」

　ミレート王国の第二王女エリーゼは、王宮の優雅なサロンでその縁談話を初めて聞いた。

　ここは王族だけが使う贅《ぜい》を尽くした部屋で、壁や天井に金箔《きんぱく》を使用した絵が描かれている。家具や飾ってある彫像も金色に塗られていて、豪奢《ごうしゃ》なシャンデリアが煌《きら》めいていた。

　部屋の真ん中には八人は座れそうな大きなソファや一人掛けのソファが向かい合わせに置かれていて、中央には白と金を基調にしたテーブルがある。テーブルの上にはティーカップやお菓子が載っていて、今日は月一回開かれる家族全員が揃《そろ》うお茶会だった。

　父は髭《ひげ》を生やし、威厳のある国王だ。その隣にいる母は着飾った王妃、そして長兄の王太子ジョージは嫌味《いやみ》たらしい笑みを浮かべていて、次兄のトマスは退屈そうな顔であくびをしていた。みんな容姿が整っていて、美男美女ばかりだ。

　姉ドロテアは静かに笑みを浮かべながらカップに口をつけている。彼女は他国にもその華やかな美貌が知れ渡っていた。学問にも精通し、仕草も優雅で、社交的でもあった。

そして、ソファの端にいる末っ子のエリーゼはみんなからみそっかす扱いされている。

平凡な顔立ちだし、学問に関しては家庭教師を呆《あき》れさせていたし、内気で社交は大の苦手だ。舞踏会ではいつも隅っこにいたせいで、『壁の花姫』と貴族に呼ばれていた。

家族はみんな金褐色の髪で青い瞳なのに、エリーゼだけ赤毛で緑の瞳だということもあって、外見も一人だけ異質なのだ。

何より……決定的に違うことがある。

この国の王族はみんな魔法が使える。厳密には貴族や、稀《まれ》に庶民の中にも魔法が使える者が現れるのだが、彼らは魔力が弱い。一方、王族は火や風や水を自在に操り、貴族をひれ伏させるための強い魔力を持っているのだ。

しかし、エリーゼの持つ魔力量が少ないせいなのか、蠟燭《ろうそく》に火を灯《とも》すこともできなかったし、そよ風すら吹かせられない。たくさん練習したし、本も読んだし、努力もしたが無理だった。自分ができることと言ったら、萎《しお》れかけた花を蘇《よみがえ》らせることだけなのだ。

そんなわけで、エリーゼは家族に疎まれてきた。両親は関心がないようだったし、二人の兄からは馬鹿にされ、姉からは意地悪をされた。

だからこそ、こんな自分が隣国ヴァルト王国の国王から求婚されるとは思えなかった。

そもそもエリーゼは十八歳で、一歳年上のドロテアだってまだ婚約もしていない。それなのに、姉を差し置いて自分に縁談が来るのはおかしい。

「ヴァルトの国王もわたしより……お姉様と結婚したいんじゃないかしら……」

エリーゼは恐る恐る父親に言った。すると、長兄のジョージがふんと鼻で笑う。

「当たり前じゃないか。どこの王族がおまえみたいな『ネズミ』なんかに求婚すると思ってるんだ。最初はドロテアに申し込んできたに決まってるだろ」

『ネズミ』とは、ジョージがつけたエリーゼのあだ名だ。小柄で、いつも部屋の隅でコソコソしているからというのが理由だった。

「じゃ、じゃあ、どうしてわたしに……？」

ドロテアは肩をすくめた。

「だって、ヴァルト王国の国王って、冷酷な性格だって聞くじゃない。特に女性にひどいことをするんですって。わたし、そんなところに嫁げないわ」

エリーゼは愕然《がくぜん》とした。そういえば、そんな噂《うわさ》を聞いたことがある。今の国王は若く、一年前に即位したばかりだが、即位した途端、前王の側近や何人もいた側妃を粛清したという話だ。側妃と子供を引き離すとき、一切の容赦もなかったという。

わたしがそんな怖い人と結婚しなくちゃならないの？　お姉様の代わりに？

エリーゼは震えながら父に懇願した。

「わ、わたしもそんな人と結婚なんて無理……」

父は厳しい表情で頭を横に振った。

「隣国との関係をいい状態に保ちたい。求婚を断ることは得策ではないのだ。ドロテアはこれからこの国の外交に役立つだろう。だが、おまえはどうせなんの役にも立たないだろうから、ドロテアの代わりに嫁ぐくらいはしてもらわなくては」

「そ、そんな……。向こうの国王はわたしなんかじゃ……」

「そうかもしれないが、王女は他にいない。ドロテアは身体が弱いから王妃は務まらないと言って、了解は得ている。心配するな。追い返されることはない」

父はこれで話は終わりとばかりに、エリーゼを手で追い払うような仕草をした。別に出ていけと言っているわけではなく、反論は許さないということなのだろう。

エリーゼは母に助けを求めるように見たが、母は優雅に微笑《ほほえ》んでいた。

「あなたもミレートの役に立つことができてよかったじゃないの」

トマスがハハッと笑った。

「あっちでも宮廷の隅でちぢこまっていればいいさ。そうしたら、おまえを殺そうとも思わないだろうな。小さすぎて目に入らないから」

ジョージがその言葉に大笑いしている。ドロテアは馬鹿にしたような眼差《まなざ》しで見てくるし、両親はもうこちらに関心を失っている。

もう、エリーゼは諦めて嫁ぐしかないのだと思った。

第一章　冷酷陛下は花嫁を怖がらせる

エリーゼは隣国ヴァルト王国へ向かう馬車に揺られながら、窓の外をぼんやりと眺めていた。野の花が咲いているのが見える。季節は春。日差しは暖かく、輿入《こしい》れにはちょうどいいのかもしれないが、エリーゼの心は憂鬱《ゆううつ》そのものだった。

隣国の若き国王に嫁ぐなんて、普通ならば、もっと十八歳の乙女らしく胸をときめかせていてもおかしくないのだろうが、とてもそんな気になれない。無理強いされた結婚だからだ。しかも、姉が結婚したくないから、その身代わりに嫁ぐのだ。

思えば、今までの人生、碌《ろく》なことがなかった。

自分とドロテア、二人の王女は対照的で、いつも比較され続けていた。そもそも、末っ子のエリーゼは生まれながらなんとなく差別されていたのだ。母が大嫌いだったという亡き王太后と同じ赤毛と緑の瞳のせいだろうか。

ドロテアや兄達は赤ん坊の頃から肖像画が描かれているのに、エリーゼが肖像画を描いてもらったのは、物心ついてからだ。恐らく四歳になってからだろう。

勉強を始めるようになったのも遅かった。八歳になった頃だ。ドロテアや兄達は四歳から教師に厳しく躾《しつ》けられていたらしい。

誕生日のパーティーを初めて開いてもらったのは十五歳になったときだった。社交界デビューと同時だ。ドレスの数も姉に比べれば少なかった。ドレスのデザイナーも姉のドレスに比べると明らかに手を抜いている。予算が少ないからだろうか。お世辞だけは言ってくれるが、心はまったくこもっていない。

両親の関心がそれだけ薄いのだから、姉と兄達も末っ子をおざなりに扱った。無視したり、話しかけてきたかと思えば、馬鹿にしてくる。

特にドロテアはひどかった。人前では澄ましている彼女だが、二人きりになると罵倒してくる。嫌がらせも得意だ。エリーゼが大事にしている物をわざと壊したり、脚を引っかけてみたり、髪を引っ張ってみたり、魔法で脅かしたり、いろんなことをしてきた。

兄達の無視なんて本当に可愛《かわい》いくらいだ。

そして、エリーゼを馬鹿にするのは、家族だけではなかった。貴族達もだ。舞踏会でエリーゼを見てはひそひそ噂話をしながら笑っている。王宮で働く人達もみんなエリーゼを王女として敬うことはなかった。表面上の礼儀だけはちゃんとしていても、手抜きをするのだ。それに、言葉や視線から敬意の欠片《かけら》も感じられないのが分かる
そんなふうに敏感でなければよかったのに。でも、残念ながら、なんとなく伝わってきてし

まうのだ。

だから……もう諦めていた。自分はどうせみそっかすだ、と。

何故《なぜ》なら、エリーゼは前世でもそんなふうだったからだ。

エリーゼの前世は日本人だった。家族に虐げられ、学校に行けばいじめられる。そんなつらい人生だったのに、わずか十七歳で事故に巻き込まれ、命を失うことになった。

そう。あのとき、道路に飛び出した子供を庇《かば》ったりしなければ……。

生まれ変わるときの記憶は薄っすらとある。神様らしき厳かな声が聞こえてきたのだ。

『あなたはここで死ぬはずの運命ではなかった。お詫《わ》びに贈り物を授けよう』

確かそう聞こえた。

贈り物とは一体なんだったのだろう。今のところ、何ひとついいことはなかった。前世の記憶が残っていることなのかと思ったが、その記憶は特に生かされていない。ただ、前世から虐《いじ》められることに慣れていたせいで、人生こんなものだと諦めの境地にはなれた。

召使いに手抜きをされても、自分のことは自分でできたし、生きるための知恵があった。そうでなければ、もっとつらかっただろう。

王宮ではそんなふうに蔑《ないがし》ろにされながらも、王宮外で奉仕活動しているときは感謝された。

神聖教会に熱心に通っていたから、司祭に褒められたこともある。主祭神である大地の聖女神リアンガイナに国の安寧と繁栄、国民の幸福を一心に祈れば、王女の義務を果たしている気になったものだった。

　昨日も教会に祈りを捧《ささ》げにいった。もう、これから自分は他国の王妃になるのだから、この国のことを祈るのは最後になる。それが悲しいのかなんなのか、よく分からなかった。

　だって、わたしがこの国で受けた心の傷は深いから……。

　けれども、ヴァルト王国でも同じように扱われるのではないだろうか。国王クラウスはエリーゼもドロテアそっくりの美女だと思っているかもしれない。

　そう思うと、向こうでどんな目に遭うのか怖くなってくる。まさか、頭もよくなければ社交もろくにできない、平凡な容姿のみそっかす王女がやってくるとは思わないはず。何しろ、ヴァルトからの親善使節団の歓迎舞踏会でも、エリーゼはひっそりと目立たないように壁の花をやっていたのだ。彼らだって知らないことは国王に報告できなかっただろう。

　ああ、こんなことなら、もっといろんな勉強を真剣にやっておけばよかった！　せめて作法くらいは完璧に身につけておくべきだった！

　自分は誰の目にもつかないように、ただ王宮の隅にいればいいものだとばかり思っていたのだ。そして、どこかの有力貴族に嫁げばいい、と。まさか自分が隣国の国王に嫁ぐなんて、想像もしていなかった。

　エリーゼは溜息《ためいき》をつきつつ、馬車の外を眺める。ヴァルト王国に向かうのは自分だけではない。官僚も別の馬車に乗っている。

煌びやかな馬車は何台も連なっていて、荷物を運んだり、侍従や侍女を乗せたりしている。馬に乗った二十人ほどの騎士に守られていて、形だけはいかにも王女の輿入れらしい。

実際には、エリーゼは騎士団にも侍従や侍女にもあまり好かれてはいないし、大切にもされていない。無論、官僚にもだ。一応、礼儀は守られているけれど、思いやりは感じない。馬車の中でエリーゼは一人きりだし、宿に着いても、ろくな世話もしてもらえなかった。

まあ、王宮でもこんな感じだったし、今更だけど。

馬車は緑豊かな田園地帯を通り過ぎていく。今年もきっと豊作だろう。

他国が干ばつに陥ったり、冷害で不作だったり、嵐で作物に被害が及んだりしても、この国だけはそんなことはなかった。それこそ大地の聖女神に守られているかのように、ずっと豊作が続いていた。

だから、他国に穀物や保存できる農作物を輸出したりして、財政も豊かになっていく。神に愛された土地、それがミレート王国だった。

ヴァルト王国もミレートから穀物を輸入する国のひとつだった。その代わり鉱物を多く輸出している。そして工芸品や家具の製作が盛んで、とりわけヴァルトの食器や壺《つぼ》は素晴らしく、どの国も欲しがった。もちろんミレートの王宮にもたくさんある。

確かヴァルトもミレートと同じ聖女神リアンガイナを信仰している国のはずだから、これからエリーゼは神聖教会でヴァルトの繁栄を祈ることになるだろう。鉱物や工芸品、家具がたくさん輸出できて、作物も豊作になるように、と。

わたしが教会に行くことを、国王が許してくれればいいんだけど。

エリーゼはまた溜息をつく。自分は結婚相手の顔さえ知らない。ただ冷酷だという噂とわずかな情報しか知らないのだ。

せめて未来の夫がエリーゼをひどい目に遭わせようという考えを起こさないようにと、それこそ神に祈るだけだ。


長い旅が終わり、エリーゼはようやく王都にある王宮に辿《たど》り着《つ》いた。

途中の国境からは、馬車を守る騎士の列にヴァルトの騎士の列が加わり、長い行列になっていた。王都の中をパレードのように行進していき、その間、エリーゼは綺麗《きれい》な街並みを眺める。

恐らく綺麗なところばかりではないはずだが、大通りは煉瓦《れんが》で舗装されていて、馬車の揺れも少ない。店が並び、美しい衣装の貴族やこざっぱりした服装の庶民で賑《にぎ》わっていた。

やがて城門が見えてきた。そこを抜けると、いきなり緑豊かな空間が現れる。手入れされた庭の中の広い道を進んだその向こうに左右対称の壮麗な宮殿があった。

前もって伝令からの連絡が届いていたのか、宮殿の前に正装した近衛騎士や官僚と思《おぼ》しき人、女官などが整列し、馬車を迎えてくれる。

馬車が停《と》まると、エリーゼはドキドキしてしまった。自分が彼らの前を歩くと思うだけで、逃げ出したくなったのだ。

でも、一応わたしはミレートの王女だわ。

それに、これから王妃になるのだ。まさかネズミのようにちょろちょろと走り抜けていくわけにもいかない。堂々と歩かなくては。

そうは思うものの、今まで一度だって、そんな真似《まね》はしたことがない。

馬車の扉が開かれ、侍従の一人が手を差し出してくれている。エリーゼは大きく息を吸い込み、その手に掴《つか》まると馬車から降りた。すると、別の馬車から降りてきた六人の侍女がのろのろとやってきて、エリーゼの後ろに控える。

向こうの官僚らしき男性が、胸に手を当て挨拶を始めた。

「エリーゼ王女殿下、ミレートからお越しいただきまして、ありがとうございます。ようこそヴァルト王宮へいらっしゃいました」

エリーゼは彼に会釈をする。

「出迎えありがとう」

ドロテアを真似て挨拶してみたが、声は震えていて、上手《うま》くできたかどうか分からない。

一人の中年の女性が笑みをたたえて前に出てきた。

「エリーゼ王女殿下にご挨拶申し上げます。わたくしは女官長でベリングと申します。こちらはこれからしばらく殿下のお世話をさせていただきます女官と侍女です」

ベリングは自分の後ろに控えている若い女性達を紹介した。飾りのついていないドレスを着ている二人が女官で、お揃いのドレスを着ている三人が侍女だろう。みんな貴族だろうが、優しく微笑んでいる。感じのいい人達で、ミレートからついてきた無愛想な侍女達とは大違いだ。

「そうなのね。皆さん、よろしくね」

だが、ミレートの侍女達が不満を露《あら》わにしながら騒ぎ出した。

「王女様のお世話はわたし達がいたしますわ！」

「それがわたし達の務めですから！」

ベリングは笑顔のまま彼女達に言った。

「ミレートからお越しくださった皆様にはおもてなしをいたしますので、どうぞあちらへ。まずは疲れをゆっくりと癒《いや》してくださいませ」

彼女はミレートの侍女達を別の女官に誘導させていく。おもてなしと聞いて、あっさりついていく彼女達に呆れてしまう。自分達の務めはどうでもいいのだろうか。

「王女殿下はこちらへどうぞ。国王陛下にお会いになる前に、しばしお寛《くつろ》ぎください。殿下のために美しいお部屋をご用意いたしました」

女官長に導かれ、正面の大きな扉から王宮の中に入った。絨毯《じゅうたん》が敷かれた広い廊下を歩いていくと、後ろから若い女官と侍女がしずしずとついてくる。

ミレートの王宮はやたらと金色のものばかりが目立つけばけばしいものだったが、ここはそうではなかった。だからといって地味なわけでもなく、高い天井には絵画が描かれ、柱には細かい彫刻が施されている。趣味がいいし、品がある。

階段を上り、やがてひとつの扉が開かれた。中は落ち着いたワイン色を基調とした部屋で、とても広くて綺麗だった。テーブルと椅子がいくつかあり、居心地よさそうなソファもある。隅には書き物机と椅子、壁には大きなタペストリーが飾ってあった。

どの家具や調度品にも品が感じられる。さすが工芸品と家具の国だ。テーブルの上に置かれた花瓶は少し変わった形をしていて、花が活《い》けてある。

「こちらが殿下のお部屋です。旅の疲れを癒すために湯浴《ゆあ》みのご用意をしますので、まずはお飲み物をお持ちいたします」

エリーゼはソファに座った。ほどなくしてお茶とお菓子が用意された。侍女達はエリーゼが快適に座れるようにクッションを配置したり、テーブルの位置を移動させたり、てきぱきと動いてくれる。馬車から出した荷物はドレスや装飾品、小物などなのだが、それらはすべて次の間に運び込まれているようで、何やら音がしていた。

それにしても、ミレートの待遇とは全然違う。ミレートでの自分の部屋は、あまり広くはなかった。あれだけ金の装飾にこだわっている王宮なのに、壁に飾る絵画のひとつもなく、簡素な部屋だったのだ。もちろん花なんか飾ってくれようとする人もいなかった。

ずっとそんなふうだったのに、こうして他国に来た途端、これほどのもてなしをされるなんて思いもしなかった。たとえ夫となる国王が冷酷な人でも、ミレートにいるよりずっといいのではないだろうか。

でも、今はこうして気遣ってくれる人達も、自分が国王に蔑ろにされた途端、変わってしまうかもしれない。

そうなったら悲しいわね……。

エリーゼはニコニコしながら話しかけてくれる女官達に目を向けた。ミレートの侍女達とは違う彼女達になんとか感謝の気持ちを伝えたかった。

「あの……こんなふうに歓迎してもらえて嬉《うれ》しいわ」

「王妃陛下になられる方ですから、わたくし達も全力を挙げて殿下のお世話をいたします」

敬意を払ってもらうのは心地いい。ミレートではもちろん、前世においてもまったく味わうことのなかった感覚だ。

やがて湯浴みの用意ができたというので、別室へ移る。そこは湯浴み専用の狭い部屋で、裸になっても寒くないように暖炉が設置してある。エリーゼは侍女達にドレスを脱ぐのを手伝ってもらい、温かいお湯に身体を浸した。

旅の汚れを落とし、新しいドレスを身に着ける。エリーゼのドレスはどれも地味なものばかりだが、髪も整えられ、お化粧までされると、少しだけ見栄えがよくなった気がした。

気のせいでもなんでもいい。とにかく夫となる人に、少しでもいいから気に入ってもらいたい。これからここで暮らす自分の運命がいい方向に変わるか、それともこのままなのか、もしくはもっと悪くなるのか……。とにかく鍵を握っているのは国王だけだ。

「陛下の謁見室にご案内いたします」

ベリングの言葉に、エリーゼは悲壮な気持ちで頷《うなず》いた。

謁見室の扉の前には、ミレートからやってきた官僚を始め騎士団や侍従、侍女がそれぞれ整列して待っていた。

ミレート御一行様といったところだろうか。外交使節団ではあるまいし、彼ら全員が国王に謁見することに、エリーゼは違和感を抱いた。何か向こうの意図があるのだろうか。

ベリングは彼らの間を臆せず突っ切っていき、エリーゼを列の先頭に導く。

宮廷の官僚らしき人が声を張り上げ、ミレート王女一行の謁見が行われることを告げると、重そうな扉を開いた。

扉の向こうには大広間があった。中央に金色に縁どられた赤い絨毯が敷かれ、それがバージンロードみたいに続いている。その先に階段が五段ほどあり、舞台のように高くなったところの中央に玉座があった。その玉座に座る若い男性こそ、ヴァルト王国の国王陛下その人だ。王冠をかぶっていなくても分かる。

遠目で見ても、彼の表情は妃になる女性を迎えるものでなかった。不機嫌そうだし、こちらに向ける視線も冷たく厳しい。服装はきっと正装なのだろう。ヴァルト王国の騎士服のデザインに似ているが、色合いは違う。銀糸の刺繍《ししゅう》がついた黒い生地の上着に黒いズボンを身に着け、丈が長い黒いマントを羽織っていた。

ベリングが小声で言う。

「王女殿下、そのままお進みください」

何人もの近衛兵《このえへい》が部屋の隅にまっすぐ立っていて、視線を感じた。脚が震えるが、ここで突っ立っていても仕方がない。エリーゼは赤い絨毯の上を歩き始めた。すると、エリーゼの後をミレート王室から派遣されてきた者達がついてくる。

玉座の前まで行くと、エリーゼは国王クラウスを見上げた。

銀色の髪は少し長めで、深い青色の瞳は宝石みたいに綺麗で、一度見たら忘れられないくらい印象的だ。眉は形がよく、鼻筋は通っている。唇はやや薄く、引き結ばれていた。顎には力が入っていて、やはり不機嫌そうに見える。

彼はじっとエリーゼを見下ろしていた。よく見ると、彼は剣を手にしている。もちろん抜き身ではないものの、ずいぶん物騒だ。少なくとも隣国からの花嫁を迎えるには不似合いだった。

彼はドロテアではなく、わたしが来たことに怒っている……とか？

恐ろしかったが、さすがにここでエリーゼを斬って捨てることはないだろう。みそっかす王女であっても、外交上の問題になるに決まっているからだ。

エリーゼは勇気を振り絞って、ドレスのスカートを両手で摘まみ、膝を曲げてお辞儀をする。

「……ミレート王国の第二王女エリーゼにございます。ヴァルト国王陛下にご挨拶申し上げます」

他に何か気の利いたことが言えればいいのだが、どうも思いつかない。

ミレート官僚の二人はエリーゼの斜め後ろにそれぞれ立っていた。他の者達は胸に手を当て、姿勢を低くして、じっとしている。しんと静まり返った空間の中で、エリーゼは緊張に耐え切れず、思わず唾を飲み込んだ。

すると、クラウスは口を開いた。

「そなたが我が妃となるエリーゼ王女か」

「……は、はい、陛下」

彼は立ち上がると、剣を手にしたまま壇上から降りてきた。そして、エリーゼの前に立ち、しげしげと顔を見つめてくる。

「美貌の主《ぬし》ドロテアとはずいぶん違うようだな」

彼が感想を洩《も》らした途端、誰かが後ろでクスリと笑った。それは小さな音ではあったものの、確かに聞こえた。エリーゼの耳に届いたものが、目の前にいるクラウスに聞こえていないはずがない。

彼の深青色の瞳に怒りが稲妻のように閃《ひらめ》き、鋭い視線がエリーゼの後ろに投げかけられた。

「誰だ。今、笑ったのは？」

振り返ると、全員、恐怖に縮こまっていた。立っていたはずの官僚も立膝をつき、頭を垂れている。

一体、誰が笑ったのだろう。エリーゼがいつものように揶揄《やゆ》されたので、思わず笑ってしまったのだろうが、ここはミレート王宮ではない。クラウスが自分の言葉を嘲笑《あざわら》われたように感じたとしても当たり前だ。

エリーゼは自分がしでかしたことではないものの、彼らと同じように震え上がった。

「へ、陛下……。我が国の者が無礼なことをしてしまい、申し訳ありません……！」

縮こまっている者達と同じように姿勢を低くして、彼に許しを請う。彼らを庇う義理はないが、一応、自分に付いてここへやってきた者達だ。自分には責任があるように思えた。

「いや、おまえは悪くない。立て」

「ですが……」

「二度も同じことを言わせるな」

「は、はい！」

厳しい声でそう言われて、エリーゼはさっと立ち上がった。逆らうと、何をされるか分からない。彼にはそんな怖さがあった。

冷酷な国王って……本当に噂どおりだったんだわ。

エリーゼは身を震わせた。

クラウスはミレート一行を見回した。そして、厳かな声で告げる。

「もう一度だけ言う。……俺を笑った者は誰だ?」

名乗り出ないともっと大変なことになる。それが分かったのか、一人の侍女がふらふらと立ち上がった。

「申し訳ありません……。陛下のお言葉に笑ったのではなく……」

真っ青になりながら、小さな声で訴える。

「ほう。では、何故笑ったのだ?」

「エ、エリーゼ王女様は……ドロテア王女様とはまったく違うので……誰もがそのようにおっしゃっていて……」

「つまり、ミレート宮廷では王族を笑い者にする習慣があったと言うのか?」

侍女は何も言えずに震えることになった。普通はそのようなことを許されるはずがないことは、彼女も分かっているはずだ。

謁見室は静まり返っている。誰も物音ひとつ立てない。侍女は泣いていたが、手で口元を押さえ、声を出さないようにしていた。泣き声なんか出したら首が飛ぶようにしか思えない。

クラウスは静かに彼らに告げた。

「おまえ達は今すぐミレートへ帰れ。いいか、全員だ。エリーゼ王女は我が妃となる。こちらで大切にすると約束しよう」

要するに、彼らは必要ないと言いたいのだろう。

官僚は結婚式が終わるまで滞在する予定だった。騎士団はその護衛のために、侍従は官僚の世話のために、そして侍女はエリーゼの世話をするためにしばらくここで働くはずだった。早い話がスパイみたいなものなのだが。

とはいえ、ヴァルト国王の命令には逆らえない。実際、ここで異を唱える者は誰もいなかった。エリーゼも自分が何か言ったところで、覆《くつがえ》るはずがないことは分かっている。

彼はすごく恐ろしい人なのだ。臣下に文句など言わせないだろう。もちろん、妃となる女性にも。

「承知しました……！」

二人の官僚は頭を下げた。彼らはそれこそ今すぐここから出ていって、帰りたいだろう。立ち上がっていた侍女はふらふらと座り込み、両側にいた侍女に助けられる。

クラウスが合図をすると、宮廷の官僚が彼らに声をかける。

「皆様、ご退出ください」

彼らはそそくさと出ていった。大きな扉が閉まってしまうと、ここに残されたのは自分とクラウスの二人だということに気づく。何人もいたはずの近衛兵さえいなかった。

「え……わ、わたしも退出しても……よろしいでしょうか？」

小さな声で尋ねてみた。

「まだだ」

きっぱりと言われ、途方に暮れる。できることなら、さっきの部屋に戻りたかった。

彼は再びエリーゼの顔をじろじろと見る。まるで商品を見るような目つきで、それが苦痛になってくる。しかし、怖すぎて、それを表に出すことはできなかった。

「そんなに怖がることはない」

怖いに決まっている。

「わたしは……臆病ですから」

「さっきはあいつらを庇うために勇気を出しただろう？　なかなか見どころがある奴《やつ》だと思ったぞ」

彼はさっきよりくだけた感じの喋《しゃべ》り方になっている。これが普段の喋り方なのだろうか。

「身体は細すぎるから、もう少し肉をつけたほうがいい。目や肌は綺麗だ。髪はもっと艶が出るといいな。鼻はなかなか可愛い。唇は……」

指で唇に触れられ、ドキッとする。いつの間にか彼の顔が近くにあった。

深青色の瞳を見ることができなくて、思わず下を向く。しかし、顎に手をかけられて、俯《うつむ》くことができなくなった。

ああ、どうしよう……。

逃げたいのに逃げられない。物理的にもそうだし、精神的にも無理だ。

「味見をしようか」

「え……」

唇が塞がれて、エリーゼは身体を硬直させた。

キスしたのは初めてで……。

前世でもこういう経験はない。本当にまったくの初めてだったのだ。驚きながらも、互いの唇がしっかりと触れ合っていることを感じた。

同時に、舌が口腔《こうこう》内に滑り込んでくる。これも初めての経験だ。

エリーゼは頭がボンヤリしてくるのを感じた。さっきまで彼は冷酷無比な暴君に見えていたし、自分は恐怖し、緊張していた。それが今は何故かキスをされている。

まるで夢の中でいるような気がする。非合理で理解不能な世界だ。

でも、唇や舌の感触は間違いなく本物なのだ。

これから結婚するのだから、花婿になる相手からキスされてもおかしくない。けれども、あまりにも突然だった。

それに……。

彼の舌が自分の舌に絡みついてくる。そのことに、妙に興奮してくる。胸がドキドキして、頬《ほお》が熱くなってくる。

だって、キスをするほど、わたしに関心がある人なんて今までいなかったから……。

二人の間に愛情なんてないのに。愛どころか、会ったばかりなのに。

どうしてわたしは夢見心地になってしまっているのかしら。

混乱しているうちに、唇はすっと離れていった。クラウスはエリーゼの顔を見て、ニヤリと笑う。

「悪くないな」

「え……？」

「味見のことだ」

そうだった。キスは彼にとって、ただの味見に過ぎなかったのだ。彼は相手がドロテアではなく、エリーゼになったことに満足しているのだろうか。

そう思いたい。本当のところは怖くて訊《き》けないけれど。

結局、王族の結婚は外交手段や政治的な思惑があって行うもので、個人の自由にはならないものだ。彼もそのことを理解していて、仕方ないと無理やり納得しているのかもしれない。

「式は二ヵ月後にする。支度については女官長に任せてくれ」

「二ヵ月後……ずいぶん早いのですね」

国王の結婚式となれば、もっと時間をかけて準備するものだと思っていた。

「婚約が成立してから、すでに計画を進めていた。俺はこういう儀礼的なことはさっさと終わらせたいほうだからな」

深青色の瞳が煌めいて、彼は笑みを浮かべる。だが、すぐに真顔になった。

「おまえがどういうつもりでこの国に来たのかは知らない。しかし、俺にとっての結婚は跡継ぎを儲《もう》けるためのものだ」

国王ならではの言葉だ。エリーゼは黙って頷いた。

「だから、おまえを愛することはない」

それは分かっていた。分かっていたことだったのに……。

何故か、その言葉がエリーゼの胸を刺し貫《つらぬ》いた。

わたしだって、彼を愛することはない。

でも……。

胸の中にモヤモヤしたものが広がる。

「……はい。分かりました」

エリーゼは気持ちを抑えて、ただそう答えた。

その夜、エリーゼは部屋に運ばれてくる夕食を一人で食べる予定だった。

疲れているだろうからという配慮だったらしい。だが、すぐにその予定は変わる。王太后から夕食の席に招待されたのだ。晩餐会《ばんさんかい》のような正式なものではなく、家族だけの夕食だという。

王太后は確か先王が王妃を亡くした後、側妃になり、そこから王妃になったという。いわゆる後妻だ。まだ幼い王子が一人いるらしい。年齢は三十代初めくらいで、クラウスが二十七歳と聞くから、二人の年齢はさほど変わらないようだ。

王太后は一体どんな人なのだろう。わたしの味方になってくれる人ならいいんだけど……。

エリーゼは噂以外でヴァルト王国のことはよく知らなかった。ずいぶん昔、教師に簡単な歴史や地理について教えられたのみで、嫁ぐにあたってこの国の今の状況などもろくに教えてもらえないまま、慌ただしく輿入れすることになったのだ。

とにかく、王太后には愛想よくしなければ。女同士で結託できるなら、そのほうがいい。

そんなわけで、エリーゼは夕食の席のために再びドレスを着替えることになった。手持ちのドレスは、どれもくすんだ色で飾りのあまりないシンプルなもので、せっかく着替えたのに見栄えが変わらないが、少なくとも礼儀を欠いた服装ではない。

「王女殿下、夕食のお時間です」

やがて迎えにきた女官に促されて、食堂へ向かった。

食堂は『家族だけの夕食』を摂《と》るのにふさわしい部屋だった。いや、部屋は広いが、テーブルが威圧感のあるような大きなものではなかったからだ。

それでも十人くらい座れそうなテーブルではある。テーブルクロスがかけられていて、花が飾られ、蠟燭《ろうそく》が立ててあり、グラスやカトラリーが置いてあった。

その端にクラウスが座っている。

王太后とその息子だけだと思っていたのに。まさか国王までもがいるとは思わなかった。クラウスの横には王太后らしき女性がいて、その隣には彼女の息子の幼い少年がいた。

エリーゼは慌てて挨拶をした。

「お待たせしてしまい、申し訳ございません」

王太后は冷たい美貌の持ち主だった。先王に側妃として召されていたわけだし、その中からさらに王妃に選ばれたくらいだ。美しさだけでなく、知性もあり、元の身分も高いのだろう。

彼女は眉をひそめてこちらを見ている。遅れてやってきたこともあり、よくは思われていない印象だ。仲良くどころではない。つんとしていて、こちらを見下している印象さえあった。

隣の少年はリカルド王子だ。確か七歳くらいのはず。栗色《くりいろ》の髪はおかっぱで、女の子みたいに見える。そばかすがある顔はどことなく愛嬌《あいきょう》があり、可愛らしい。

クラウスが立ち上がり、エリーゼの許へ行き、エスコートする。そして、エリーゼを王太后に紹介してくれた。

「我が妃となるエリーゼ王女だ。……こちらは王太后だ」

エリーゼは改めて王太后に挨拶をする。

「ミレートの第二王女エリーゼにございます。王太后陛下にお会いできて光栄です」

王太后は軽く頷いた。

「王女にしては身なりも作法もなってないわね」

エリーゼの顔は真っ赤に染まった。確かに王女のドレスにしてはひどいし、作法に自信はないが、隣国の王女という立場なのに、まさか面と向かってけなされるとは思わなかった。

「我が妃となると言ったはずだ。そんな口を利くのは許さない」

クラウスがきっぱりと言うと、彼女は笑ってごまかした。

「あら、だって、そうでしょ。わたくしは間違ってないわよ」

そう言いつつも、彼女はあきらかにクラウスの機嫌を取っている。二人の力関係は、少なくとも今は彼のほうが上のようだ。

彼は少年のほうを示した。

「この子はリカルド王子だ。我が弟となる」

少年ははっとしたように立ち上がりかけた。が、彼にとっては椅子が高いのか、少しもたつきながら立ち上がり、エリーゼにキラキラ光るはしばみ色の瞳を向けてきた。

「エリーゼ王女、初めてお目にかかります。ミレートからはるばるお越しになったそうですね。ぜひお国のことをお聞かせ願えればと思います」

この三人の中で、この小さな少年が一番歓迎してくれているようで、エリーゼは好感を持った。

「リカルド王子、ありがとう。わたしにもこちらの国のことを教えてくださいね」

その返答もあまりよくなかったようで、王太后に嫌な顔をされた。相手を子供扱いしたからだろうか。

どうしよう。でも、他に何を言っていいのか分からない。

クラウスは肩をすくめて、席に戻った。エリーゼも侍従が椅子を引いてくれて、そこに座る。王太后の真ん前で、緊張してしまう。リカルドも子供らしい可愛い仕草で椅子に戻った。

食事が始まったものの、王太后はエリーゼに目もくれず、リカルドと話をしている。彼女がエリーゼに会いたいという話ではなかったのだろうか。

かといって、自分から彼女に話しかけるわけにもいかない。身分が低い者から高い者へと話しかけるのはよくないはずだったし、そもそも向こうはこちらを無視しているのだ。話しかけても無駄なのではないだろうか。

すると、クラウスがエリーゼに目を向けて、ぽつりと言った。

「新しくドレスを誂《あつら》えなければな」

「そ、そんな……わたし……」

「王女と王妃では身に着けるものが違う。それに……どうやらミレートはおまえを早く送り出すことに熱心で、必要なドレスを誂えることをしなかったようだな」

頬が燃えるように熱い。身なりに関しては、自分のせいではないのだ。きちんと準備しなかったミレート王宮が悪い。けれども、何も言えなかった。

そのとき王太后が横から口を挟んできた。

「もしドロテア王女だったら……」

そう言いかけて、クラウスに睨《にら》まれたので、彼女はごまかすようにわざとらしい笑みを浮かべた。

「エリーゼ王女にはこのドレスがお似合いよ」

「だが、これではよくない。侍女長から助言を受けて、必要なものを誂えるといい」

「はい……ありがとうございます」

前途多難だ。ドレスはこれで解決するが、作法はどうだろう。このままでは、この国でも『ネズミ』と呼ばれてしまうかもしれない。貴族に笑われてしまいそうだ。

いくらクラウスが『跡継ぎを儲けるため』に結婚するにしても、やはり王妃にはそれなりの女性でいてもらいたいだろう。ドロテアほどの美女や才女でなくても、一定のレベルが必要なのではないだろうか。

最低限のことでもいい。それだけできれば、なんとかなるかもしれない。結局のところ、もうここに来てしまったのだ。これからもちゃんと生きていけるように、努力をしよう。

会話は進まなかったものの、食事は意外においしかった。最初は喉を通らないのではないかと思ったが、そんなことはなかった。ヴァルト王国の食事は口に合うのだ。

「旨《うま》かったか？」

クラウスに尋ねられて、エリーゼは素直に頷いた。

「おいしかったです。ミレートにはない食材がありましたし、調理の仕方や味つけも違います。でも、わたしの好みに合っているみたいです」

「それはよかったな。口に合わないものを食べるのは苦痛だろうから」

食事はいいが、生活そのものが合わないかもしれない。王太后としょっちゅう会うことはないだろうが、夫になるクラウスはそうはいかない。この先のことは不安で仕方なかった。

「わたくしはお先に失礼するわね」

王太后は席を立ち、リカルドを連れて出ていった。エリーゼは自分も出ていきたくなったが、クラウスがいるのに、先に席を立つことはできない。

彼はまだお茶を飲んでいる。エリーゼはカップを弄びながら、その中にあるものに目をやった。お茶の種類さえもここでは違う。ミレートのお茶より香りが強かった。

「ドレスの他に、何か必要なものはあるか？」

彼は静かな声で尋ねてきた。

こういう声も出せるのかと驚く。最初が怖い印象だったから、それをまだ引きずっていたのだ。

「あの……作法の勉強をしたいです。それから、この国のことを知りたいから……教えてくれる人をお願いします」

「ミレートでは何か勉強していたのか？」

「わ、わたし……あまり出来がよくなくて……」

また赤面する羽目になる。こんなことは言いたくない。弱みを晒《さら》すことになるからだ。しかし、すでに低レベルの自分なのだから、それをなんとかするには、彼に本当のことを打ち明けるしかなかった。

というより、彼はすでに気づいているはずだ。王太后にもひどいと言われたのだから。

「壁の花の『みそっかす王女』か」

「ど、どうしてご存じなのですか？」

彼は肩をすくめる。

「それくらい知っている。どの国の王宮にも間諜《かんちょう》は入り込んでいるものだ」

それはそうだ。エリーゼについてきた者達が残らなくても、ミレートのスパイだって、この国の王宮内にすでにいて当然だった。

「ごめんなさい……。わたしなんかがここに来てしまって」

「ミレートのことはみんな忘れろ。これからはここがおまえの国だ。おまえは王妃として振る舞うんだ。ミレートの奴らを見返してやれ」

ヴァルトの国王からそんなふうに言われるとは思わなかった。

でも、力強く言われたことで、その言葉がエリーゼの中にすんなり入ってくる。

見返すなんてできなくても、自信を持ちたい。王妃として振る舞えるようになれば、彼のためにもなる。

もちろん、この国のためにも。

「わたし、しっかり勉強します」

わたしはこの国に嫁いできたのだから。

エリーゼははっきりと心の中で決心した。

＊＊＊

クラウスは最初、美女と名高いドロテアとの結婚を希望していた。

そもそも結婚を申し込んだのは、王位を継いでからようやく落ち着いたので、跡継ぎが必要だと思うようになったからだ。妃はともかく子供がいなければ、もし自分に何かあったとき、リカルドが王位につくことになる。

しかし、リカルドは幼い。そうなると、王太后が権力を持つことになる。それだけは絶対に避けたかった。

王太后はエリーゼに嫌味を言っていたが、根っから悪人というわけではない。側妃時代は他に何人もの側妃がいたので、足の引っ張り合いで苦労したのだろう。後宮での側妃同士の争いは陰湿で、彼女達は流産することがよくあったと聞くし、出産しても原因不明で子を亡くすことがあった。王太后は後から後宮に入ったので、虐めもひどかったらしい。

もっとも、彼女自身も一方的な被害者というわけではない。後ろ盾だった実家の力も借りて、醜い争いを繰り広げていた。しかし、彼女は男児を無事に産んだこともあり、正妃となった。そして、本宮に住まいを移したことでリカルドは守られ、すくすくと育った。

クラウスは後宮での争いを知り、他の側妃の子供達も保護することにした。一応、母親違いとはいえ弟妹達だ。クラウスと同じ母親の妹は二人いるが、どちらもすでに他国へ嫁いでいる。一方、側妃が産んだ弟妹はまだ成人していない子供ばかりだ。

父が側妃を何人も後宮に置くようになったのは、先王の正妃である母が亡くなってからなのだ。そこから父は側妃に子供を何人も産ませた。今、生きているのはリカルドを含め十人だ。何しろ側妃は最終的に五人もいたからだ。

クラウスは争う側妃をたしなめるよう父親に言ったのだが、なかなか上手くいかなかった。父が亡くなり、自分が即位したことで、側妃はいなくなり、結果的に弟妹に危険は及ばなくなってよかったと思う。

ともあれ、王太后が権力を持つと、彼女の実家が力を持つことになり、ろくなことにはならない。リカルドが即位する前に国を乗っ取られてしまいそうだ。

そう思うと、早く跡継ぎをつくらなければと思った。そのためには結婚だ。そして、隣国のドロテアは美女で才女だという。

申し込んだが、断られた。ドロテアは病弱だから、と。

もちろん嘘《うそ》に決まっている。それは分かっているが、来たくないというものを無理やり来させられない。どうやら自分の悪い噂が隣国まで出回っているらしい。

ドロテアの代わりにやってきたのが、かの『みそっかす王女』だ。

エリーゼ王女を代わりにと言われて、最初は腹が立った。ヴァルト王国が侮られているから、そんな王女を押しつけられたのだと思ったからだ。自分が即位してから、少しごたついていたことも原因かもしれない。

しかし、間諜からの情報では、彼女は民衆からの支持を得ているらしい。庶民の間では人気があるのだ。しょっちゅう神聖教会で祈りを捧げ、奉仕活動をしている。病人や怪我人を見舞うことにも躊躇《ちゅうちょ》がない。司祭からも評価されているようだ。

そんな素晴らしい人材ならぜひ欲しい。

壁の花だかなんだか知らないけれど、それなら派手好きではないということだ。宝飾品やドレスをねだられて、国庫がひっ迫することもないだろう。神聖教会との間も取り持ってくれそうだ。奉仕活動を積極的にやる王妃なんてめったにいない。

クラウスは彼女が跡継ぎさえ産んでくれれば、顔の造形には目を瞑《つぶ》ろうと思っていた。

が、彼女は美女とはいかなくても、可愛らしい顔をしていた。小柄で細くて、目が大きくて綺麗だ。おどおどしているところが小動物みたいに思えてくる。

クラウスは若い頃から側妃同士の争いを見ていたせいで、女性には幻想など抱いていなかった。だから、彼女に告げたとおりに、彼女を愛するつもりはなかった。

彼女に望むことは、まず跡継ぎを産むこと。そして、王妃らしく振る舞えるようになること。

その二点だけだ。

ただ……何かと気になる。それは彼女が小動物みたいだからだ。つい手を差し伸べてやりたくなる。

彼女は自分から勉強したいと言ってきた。この国のことを知りたいと。

ああ、いくらでも手を貸してやろうじゃないか。しかし、それは彼女が女性として好きになったからではなく、自分で成長しようとする気概がある人物として気に入ったからだ。

身なりを整え、知識をつければ、度胸もつくだろう。そうすれば、王太后にも対抗できる。

いずれ、素晴らしい王妃になるに違いない。

クラウスはそう信じていた。

第二章　結婚式の前なのに初夜が訪れる

翌日からエリーゼは忙しかった。

まずドレスの製作が始まる。デザインと布地を選択し、採寸をした。仮縫いを幾度も繰り返し、ドレスが形になっていく。

まずはウェディングドレス。それから王妃にふさわしいドレスが何着も作られた。ろくに装飾品も持っていなかったから、新たに宝飾品がいくつも購入された。目も眩《くら》むような宝石がつけられた装飾品は、金庫に納められることになるのだという。

小物や靴もドレスに合うものが作られて、全部身に着けると、今までのエリーゼとはまったく違う姿になった。

肌や髪の手入れも毎日されている。そのせいでどちらも艶々だ。指にはネイルが塗られ、化粧にも慣れた。格好だけは一人前だが、中身がまだまだだった。

勉強も毎日している。作法や会話、そしてヴァルト王国のことは念入りに教えられる。習慣も違うし、祝日も違う。それぞれに意味があるから、それも覚えなくてはならない。地図を広げ、貴族の領地のことや特産物も覚える。もちろん貴族の名前や、王宮で仕事をしている場合は役職名も覚えた。もちろん建国からの長い歴史も学んだ。

物覚えはあまりよくないほうだが、今の自分には勉強したいという意欲があり、必ず身につけるという熱意もあった。どうしてもそうせねばならないという理由もあるけれど、目的もなくただ覚えるより、覚え甲斐があった。

そうして勉強漬けになっていたエリーゼに、ある日、女官を通じ、クラウスからお茶の誘いがあった。

当然、断るわけにはいかない。未《いま》だにクラウスのことは怖かった。そもそも、初めてここに来てから一ヵ月は経《た》っているが、その間にほとんど顔を合わせることはなかったからだ。

とはいえ、どんなに怖くても結婚式の日は来るし、それ以降は公式行事で一緒にいなくてはならない。何より夫婦としての『仕事』もある。彼に慣れる必要はあるだろう。

そう考えて、エリーゼは顔をしかめた。

前世でもデートどころか、クラスの男子と話す機会もほぼなかった。けれども、跡継ぎを産むためには、ベッドを共にしなければならない。この世界に人工授精なんてないのだ。

エリーゼはお茶の時間に合わせて用意をし、指定の場所へ向かった。

そこはクラウスの執務室だった。色気も素っ気もない。いや、国王の執務室なのだから豪華な部屋ではあったが、何より目につくのがとにかく大きく重厚感のある立派な机だ。

壁に絵が飾られていたり、絨毯に高級感が感じられるものの、煌びやかというより無骨な印象があった。部屋の真ん中に大きなソファが向かい合わせに置いてあり、テーブルがある。そこにお茶とケーキスタンドが置かれた。

エリーゼはクラウスと向かい合って座った。

「遠慮せずに好きなものを食べるといい」

ケーキスタンドには小さなケーキやお菓子がたくさんある。クラウスとのお茶は緊張すると思っていたが、可愛いケーキスタンドを見た途端、エリーゼは嬉しくなった。

ドロテアや母のお茶会でこれが運ばれていくのをちらりと見た記憶はあったけれど、エリーゼはそのお茶に招かれることはなかったし、自分がお茶会を開くことなどなかったのだ。

ふと気がつくと、エリーゼは黙々とフォークを口に運び、ケーキやお菓子を食べていた。そして、クラウスも同じようなことをしている。

「あの……甘いもの、お好きなのですか？」

意外だったので、思わず訊いてみた。彼が視線をこちらに向ける。相変わらず鋭い視線だが、特に怒ってはいないようだ。

「俺には好き嫌いはない。毒見が済んでいれば、出されたものはなんでも食う」

素っ気なさも相変わらずだ。それにしても、彼の話し方は国王らしからぬものだった。生まれながらに王子だったというのに、どうしてなのだろう。

けれど、このほうがエリーゼは気が楽だった。堅苦しい言葉遣いをされたら、ますます緊張してしまう。

「わたしも好き嫌いはないですが……」

恐らく理由は違うだろう。彼は貴人として好き嫌いしないように躾《しつけ》をされてきただけなのだ。

「『ですが』の次はなんだ？　はっきり言え」

「ご存じだと思いますけど、わたしは王宮であまりいい扱いを受けてこなかったので……侍女に食事の用意を忘れられることがよくあったのです。だから、食べられるときになんでも食べておこうと……」

「なんだと？」

急に彼が大きな声を出したので、エリーゼはフォークを手にしたまま固まってしまった。給仕のために控えている侍女が何事かという目で見ている。

「おまえ、今までよく我慢していたな」

「はい、我慢強いほうです」

そう答えると、彼は笑った。

あ……笑うこともあるんだ。

失礼かもしれないが、彼は不機嫌な顔をしているか、怒っているかという感じだったので、笑った顔など見たことがなかったのだ。もっとも、あまり顔を合わせる機会はないのだが。

それにしても、笑うと爽やかな雰囲気になってきて……。

元々、顔立ちは整っているのだ。怖いイメージとは違って、少しだけ彼に親しみを感じた。

「我慢しないといけなかったということか。まあ、そのほうがいい。我慢もできず我儘《わがまま》を言うような妃はいらないからな」

どのみち、彼と結婚したら、どんなに我儘なお姫様でも性格を矯正させられたのではないかと思った。彼のほうがそんな相手には我慢できないだろう。

「我儘なんて言いません……」

「そういう報告を受けている。我儘ひとつ言わない立派な王女様だと」

彼はエリーゼのことを放っておいても、勉強の進み具合どころか、誂えたドレスの枚数などもすべて報告されて知っているのだろう。しかし、それも当然という気がした。エリーゼは他国から来たのだ。変なことをしていないか見張られていても仕方がない。

「だが、言いたいことがあるなら、言ってもらったほうがいいな。俺がそれを聞くとは限らないが」

「え……無理です」

「どうして無理なんだ？　もしかしたら、言って解決することもある」

「その……性分として無理なんだと思います。口に出すと、自分がそれこそ我儘に思えてきますから。それに……怖いから」

彼は首をかしげた。

「怖い？　誰が？」

誰が……って、目の前のあなたに決まってるでしょ。

と言いたいが、やはり言えない。

「いいか。よく聞け」

彼はケーキにフォークをブスリと刺した。まるで剣で何かを刺しているようで、ビクッとする。

「今までいろんな勉強をしたんだろう？　熱心にやっていたと聞いている」

「はい……」

「おまえは王妃となる。言いたいことを言うことと我儘の区別をつけろ。黙っていれば馬鹿にされる。それでいいのか？」

エリーゼは慌てて首を横に振った。

クラウスは溜息をつき、ケーキを口に運ぶ。

「すぐには変われないだろう。それは分かっている。だが、努力しろ。勇気を持て。胸を張れ。まっすぐ人の目を見ろ」

そうだった。エリーゼは作法の教師に何度も言われていた。うつむかずに前を見るようにと。相手の顔を見ろ。目を見るのを怖がるな、と。

エリーゼは思い切って彼と目を合わせた。深青色の瞳がこちらの心の奥底まで見抜くように
じっと見つめてくる。
え……目を逸《そ》らせない。
逸らしたいけれど、彼が逸らしてくれないからできないのだ。恐らく自分から逸らしたら怒
るだろうから。
これも訓練なのだろうか。彼はしばらくこちらを見つめていた。だが、やがて笑い始める。
「よし。もういいぞ」
エリーゼはやっと許されて、瞬《まばた》きをした。すると、ずっと目を開けていたせいで、涙が勝手
に出てくる。
「別に瞬きはしてもよかったのに」
けれど、彼が瞬きをしなかったから、できなかったのだ。それほど威圧感があると自分でも
分かっているだろうに。
「まあ合格だ。おまえだって、やればできるのさ」
「はい。頑張ります」
「本当におまえは……」
彼はそこまで言ったが、その続きは言わなかった。こちらが訊いても答えてはくれないだろ
うし、ろくな言葉ではないはずだ。

だけど、彼の唇が微笑みの形を取ったのを見て、エリーゼは何故だか自分の頬が熱くなるのを感じた。

とても優しい微笑みみたいに見えてしまって……。

気のせい。気のせいなのよ。

そう思いつつ、胸の中は温かくなっていた。

「ところで、当然ダンスはできるんだろうな？」

突然そんな質問をされて、エリーゼは我に返る。

「え、ダンスって……？」

エリーゼは戸惑った。が、すぐに質問の意味に気がつく。

そういえば、自分が舞踏会では会場の隅っこにじっと立っていたのは、何も社交が苦手だからというだけではない。ダンスがちっとも上手くならなかったからだ。

間違ってダンスの申し込みを受けたら恥をかく。それが分かっていたので、誰も近づかないように、ひたすら存在を消そうとしていたのだ。もっとも、地味なドレスを着た『みそっかす王女』にわざわざダンスの申し込みをしてくる人なんていなかったけれど。

「あ、あの……どうしましょう。わたし、すっかりダンスのことを忘れていて……。やっぱり王妃になったらダンスくらいできなくちゃいけないんでしょうね？」

おどおどしながら尋ねると、クラウスは大きく溜息をついた。

「……そうだった。それくらい、察しておくべきだったな。おまえが要求しないから、ダンスはできると思っていた」

「ああ、ごめんなさい！　でも、これから練習すれば……」

「結婚式の後、二人で踊らなくてはならないことは知っているな？」

　エリーゼはビクッと身体を震わせた。そんなに早くダンスの機会があるなんて思わなかった。

　結婚式まであと一ヵ月。猛練習を積んでも、間に合うのかどうか自信がない。けれども、優秀な教師をつけてもらえれば、なんとかなるかもしれない。

「い、一応、基本は習ったので、教師と練習相手を用意してもらえたら……」

「分かった。夕食の後、相手してやる。音楽ホールに来い」

「えっ……。まさか陛下が練習相手……なんてことはないですよね？」

　そんな馬鹿なと思いつつ、彼の言い方だとそうとしか思えなくて尋ねてみる。すると、彼はたちまち不機嫌そうな顔になった。

「俺だと不満か？」

「もちろんそんなことはないです！　大変光栄です！　でも、でも……わたし、下手ですよ。陛下の足を踏んだりするかも……しれません」

　というより、踏む確率は高いと思う。そのたびに殺されるかもしれない恐怖を覚えるのは嫌だ。

「どうせ結婚の祝宴でのパートナーは俺だ。俺と息を合わせたほうが早いだろう」

確かにそうだけど……。

断りたくても断れない。彼がその気でいるなら、自分は黙って従うしかなかった。

「じゃあ……よろしくお願いします」

彼はやっと満足そうに頷く。そして、カップのお茶を飲み干した。

「よし。では、お茶の時間は終わりだ。おまえがどんなに下手なダンスを踊ってくれるか楽しみだな」

彼の瞳がキラリと光る。

つまり、足を踏むなと言っているみたいだ。彼を怒らせないためなら、真剣に踊らなくてはならないということだ。さぞかし上達することだろう。

でも、それまでが大変じゃないの。

エリーゼは不安を押し殺しながら、残っていたお茶を飲み干した。

できることなら、彼の気が変わって、代わりの相手を用意してくれますようにと願いながら。


もちろん彼の気は変わらなかった。

結婚の祝宴でダンスをすることを知った日から毎日、音楽ホールでピアノを弾く女性とダンス教師がいる前で、エリーゼはクラウスと踊る練習をする羽目になった。

そして、結婚式まであと二週間。

ここ音楽ホールは、楽器を演奏したり、歌を披露する場だ。音楽会を開く部屋というわけで、オーケストラが入り、客席として椅子が何十脚も入れられるくらい広い部屋となっている。

エリーゼはクラウスにホールドされながら、ピアノの音とダンス教師の手拍子に合わせて、さっきからずっと踊っている。

ダンス教師は男性で、ミスするたびに厳しい声で指導してくる。

だが、指導されているのはエリーゼだけだ。エリーゼの手を取り、ウエストを引き寄せているクラウスは、完璧に踊れているから何も注意されることはない。エリーゼが彼に合わせられないだけなのだ。

謁見室で剣を持って脅していた彼の姿からは想像もつかないほど、優雅で華麗に踊っていて、エリーゼは驚いていた。もっと荒々しいダンスを思い描いていたからだ。エリーゼと違って、王子として大切にされてきて、ダンスの練習の機会もかなりあったのだろう。

そんなことを思いつつも、彼がやればできると励ましてくれたことを思い出す。

このまま環境のせいにしていても、どうしようない。どのみち、踊れなければ自分が恥をかくだけなのだ。

恥をかくことなんて慣れている。もう何度も何度も経験したことなのだから。馬鹿にされ、嘲笑され、プライドを踏みつけられてきた。

でも……結婚してまで、同じ目に遭いたくない。それに、少しでも頑張る気持ちがあるということを、クラウスに認めてほしかった。

そうでなければ、わたしは一生このままだもの。

生まれ育った国を離れ、周りの人達もすべて変わった。今まで自分を馬鹿にしていた人達はすべてクラウスが追い払ってくれた。

だから……頑張ったら、王妃としての新しい人生が始まるかもしれないと思うのだ。

ずいぶんスムーズに踊れるようになってきたし……。

そう思った途端、クラウスの足を踏んでしまった。

「ご、ごめんなさい！」

気をつけているものの、やはり未だに日に一度は踏んでしまう。彼は無表情でエリーゼを見下ろしていた。

慌てて視線を逸らす。

「だから、うつむくなと言っている」

彼の冷たい言葉に、エリーゼはぱっと顔を上げた。どんな目を合わせるのが怖くても、彼はうつむくことを許してくれない。でも、それはたぶんエリーゼのためなのだろう。いや、もしかしたらエリーゼを自分にふさわしい王妃に仕立て上げるために、そうさせているのかもしれないが、それでも結局はエリーゼ自身のためになるのだ。

それにしても、こうして二人で踊っていると、距離が近い。身体もそうだが、特に顔の距離が近くて困る。この距離でちゃんと顔を見ろと言うのだから、たまったものではない。

男性とこんな距離で接触することなんて、あまりないことだし。

エリーゼだって、舞踏会でダンスを申し込まれたことはなくても、ミレート王宮で男性とダンスの練習をしたことはある。しかし、その相手はこんなに威圧感のある人ではなかったし、こんなに体格もよくなく、こんなに綺麗な顔立ちもしていなかったし、こんなに目の醒《さ》めるような深青色の瞳もしていなかった。

これほど緊張するのは、足を踏む恐れがあるせいだけではなく、彼がなんとも言えない男性的な魅力があるからだ。

そう。たとえ、彼が冷酷な国王と呼ばれていても。

彼はエリーゼの夫となる人だ。しかし、だからといって、心を許していい相手でないことは間違いない。本気で好きになったとしても、同じ気持ちは決して返ってこないだろう。そんなことは考えるまでもないくらいだ。

それに……こんな怖い人、好きになることなんてないんだから。

そう思いつつも、こうしてくっついて踊っていると、何故だかふわふわした気持ちになってくる。繋《つな》いだ手やウエストに置かれた手が妙に熱く感じる。

彼を意識したくない。そう思えば思うほど意識してしまうし、身体はぎくしゃくとし始める。

やがてピアノと手拍子の音が鳴りやんだ。ダンス教師が小さく溜息をつく。

「……そうですね。優雅とは言えないまでも、一応、踊れるようになってきましたね」

そんなレベルでいいのかと思ったが、いいわけないのはダンス教師の顔を見れば分かる。

「とにかく、今夜はこれでおしまいにしましょう。続きはまた明日に。お二人とも、お疲れ様でした」

ダンス教師とピアノの弾き手はお辞儀をして音楽室を出ていった。

残されたエリーゼも溜息をつく。

「ごめんなさい。毎日相手をしてもらっているのに、あまり上達できなくて」

クラウスの顔を見て、はたと気づく。練習は終わったはずなのに、彼はまだエリーゼから離れていない。顔は至近距離にあった。

「あ、あの……もう離していただけると……」

もぞもぞと動いたら、もっと引き寄せられる。エリーゼの身体は彼にぴったりとくっついていた。

途端に、また彼を意識し始めてしまう、エリーゼは狼狽《ろうばい》した。

「じっとしていろ」

「で、でも……」

「おまえがいつまでもぎこちないのは、このせいだろう？」

ギュッと抱き締められて、息が止まりそうになった。自分が彼を意識していることを見抜かれた気がしたからだ。

彼の体温が伝わってくる。二人とも衣服を身に着けているし、こちらに至ってはかさばるドレスを着ているが、抱きすくめられると自分の心臓の音まで聞こえているのではないかと心配になった。

「そんなに俺が怖いのか？」

どうやら、彼はエリーゼが怖がっていると思っているらしい。

「……いいえ、そんな……」

「怖いから、ぎくしゃくと動くんだろう？　いいか、俺はおまえを取って食ったりしない」

「分かってます……」

「それなら……」

彼はそう言いかけて、何か思い直したようにふっと笑った。

「……いや、いっそ取って食ったほうがいいのかもしれないな」

「え？」

何か言おうとしたのに、彼の唇が重ねられてきて、何も言えなくなる。

キスは二度目だ。ここに来た最初の日に、舌まで入れられてキスをされたあの日以来のことだった。

二度目だからといって、衝撃はなくならない。エリーゼは身体を固くして、彼のキスをただ受け入れるしかなかった。

舌を差し入れられ、口腔内をかき回される。前と違うところは、彼の手がエリーゼの後頭部をしっかり押さえていることだ。頭が動かせないから、余計に逃げ場がない。執拗《しつよう》に彼の舌が絡んできて、エリーゼは次第に無反応でいることがむずかしくなってくる。

前にキスをされたときも、突然だったのに何故だか心地よくなってしまっていた。だから、今回も同じ反応をしているだけだ。

温かい舌がエリーゼの内側にある何かを目覚めさせているみたいだ。胸の奥に妙に甘酸っぱい気持ちが湧き起こってきて、それが身体に影響を与えている。

頭がふわふわしてきて、高揚感がある。それだけじゃなく、身体から力が抜けていくようだった。

脚が震えてきて、頼りない。彼にもたれかかってしまい、それを元に戻せなかった。

きっと、さっきよりドキドキしている。体内が熱く感じられる。

ああ、わたし……一体どうしてしまったの？

彼がキスをやめてくれればいいのに。このままでは、身体中がバターみたいに溶けていって、自分は彼の腕の中で液体になってしまうかもしれない。

後頭部を押さえていた手が、うなじへと移っていく。長い髪を垂らしていたが、彼の手はその髪の下に潜り込み、うなじに直接触れてきた。

うなじを撫《な》でられて、無意識に身体を震わせる。

「ん……っ」

やめて、と言いたかった。お腹《なか》の内側に熱いものが込み上げてくる。何度もうなじを撫でられて、その熱いものが指の先まで広がっていく気がした。

ダメ……もう。

そのときになって、彼が唇を離してくれた。

エリーゼはぐったりして、彼にもたれかかった。広い胸に顔を埋めてしまっている。国王陛下にそんな真似をして失礼だとか、怖いとか、そんな気持ちも湧いてこない。

ただ、彼に受け止めてほしかった。

だって、立っていられないほど、震えているのだから。

エリーゼは小さく息を吐いた。ほうっと声が出てしまう。

「……いいな。今の声は」

彼の囁《ささや》きに、はっとして顔を上げる。

クラウスは口元を歪《ゆが》ませてニヤリと笑っていた。

「わ、わたし……失礼なことを……」

「いや、今ので正解だ。俺の腕の中で、二度と緊張なんてするな」

そんな無茶な。

エリーゼはどう返していいか分からなくなり、首を横に振った。

「そうか。それなら、他の方法を試してもみるしかないな」

「他の方法って……？」

彼はエリーゼに顔を近づけてきた。またキスをされるのかと思い、顔を背けようとしたが、顎を掴まれて引き戻される。といっても、乱暴に仕草ではない。

「寝室で待っていろ」

一瞬、なんのことだか分からなかったが、エリーゼはすぐに何を意味することか思い至り、恐ろしくなってくる。

この時代は結婚するまで女性は清らかでいなくてはならない。実際はどうだか知らないが、建前はそうだ。なのに、彼はエリーゼの寝室に忍んでくると言っているのだ。

「でもっ……寝室なんて！」

「念入りに湯浴みでもするんだな」

彼は笑いながらそう言い捨て、さっさと音楽ホールの扉に向かって歩き始めた。エリーゼはあっけに取られながら、その姿を見るしかなかった。

彼が本気なのか。それとも冗談で言ったのか。

冗談であってほしい。でも、彼が冗談なんて口にするだろうか。

エリーゼは廊下で待つ侍女が扉から顔を覗《のぞ》かせるまで、ただ震えて立っていた。


結局、エリーゼはクラウスが言ったとおり、念入りに湯浴みすることになった。

きっと彼が侍女に何か言い含めたのだろう。薔薇《ばら》の香料を入れた湯で、いつもよりずっと丁寧に身体を洗ってもらったエリーゼは、白い夜着を身に着け、寝室に入った。

寝室には、巨大な天蓋《てんがい》つきのベッドとその傍にランプが置かれた小さなテーブルがある。他にあるのは、ソファとテーブルだ。天蓋からは布がカーテンのように垂れ、金色のタッセルでまとめられている。

エリーゼはベッドの上に座り、しばらくボンヤリしていたが、本当にクラウスがやってくるのかどうか分からない。もしかしたら、あれはやはり冗談みたいなもので、脅かしだったのかもしれない。ああいえば、彼の腕の中で緊張せずに踊れると思ったのだ。

そうよ。そうに違いない。結婚式の前に初夜があるなんて間違っているもの。

エリーゼは自分の身体から漂う薔薇の香りを無視して、シーツの間に潜《もぐ》り込んだ。

彼が来ようがどうしようが、眠ってしまえばいい。そうすれば、もし彼が来ても、諦めて帰るだろう。

そう思いつつも、クラウスという人は一筋縄ではいかないのだ。眠っていれば何もされないなんて、あまりにもお花畑な考えではないだろうか。

ああ、どうすればいいの？

彼が来たら、謝ろうか。そして、もう緊張しないと誓う。それとも……。

あれこれ考えているうちに、扉が開く音がした。

布団中に潜り込んで小さくなっていたエリーゼは、身体が凍りついたように動かなくなる。

扉が閉まり、絨毯の上を歩く足音が近づいてきた。

今更、眠ったふりもできない。かといって、顔を出すのも恥ずかしい。心臓の音が高鳴り、離れている彼にも聞こえているような気がした。

「剥《は》ぎ取られるのと、自分から顔を出すのはどっちがいい？」

そんなふうに訊かれると、顔を出さざるを得ない。ましてや、眠ったふりなど意味はなかった。

上半身を起こすと、彼は満足そうに頷いた。彼は上着を身に着けておらず、白いシャツと黒いズボンだけの姿だ。そのシャツも衿《えり》が開いていて、胸元がちらりと覗いている。いつもの騎士服みたいなかっちりした格好とは違っていて、ドキッとしてしまう。

「薔薇の香りだな」

彼はベッドにゆっくりと腰を下ろした。

「あ、あの……陛下……」

「この場で『陛下』とはな。名前を呼べ」

「……クラウス……？」

「そうだ。クラウスが俺の名だ」

彼は手を伸ばして、エリーゼの手を取った。そして、指先にキスをしてくる。

ここへ来て、指先にキス？

唇のほうが先だったなんて、順番が逆ではないかと思ったが、急に紳士的な態度を取られると、頬が火照ってくる。

「エリーゼ……」

甘い声で名前を呼ばれ、心臓がひっくり返るような衝撃を受けた。ランプのほのかな灯《あか》りの中でも、こちらを見つめる彼の瞳が煌めくのが分かった。

彼にこんな甘く柔らかい声が出せるなんて思わなかった。冷たい声や厳しい声ばかりだったし、そうでないときも素っ気なかった。だいたい乱暴な言い方だったし、エリーゼは自分が尊重されている気がしなかったのだ。

そりゃあ、励ましてくれるときや褒めてくれたときもあったけど……。

そのことには感謝している。ミレート王宮で虐《しいた》げられていたことを考えると、彼はちゃんと気遣ってくれている。だから、たまに見せてくれる微笑みなんかに、心がざわついてしまう。

だけど、彼は愛することはないと言っていたし、この甘い声も単にエリーゼの緊張をほぐすためだけのものかもしれない。

実際、エリーゼは妙に浮ついた気分になっていた。ロマンティックなムードを醸し出されると、すぐにその気になるなんて、お手軽な女だと思われそうだった。

わたしは……違うわ。そんなんじゃないんだから。

彼に愛情があるとか、実は優しいとか……信じないんだから。

そんなことを信じたら、きっと後で馬鹿を見るに決まっている。ミレート王宮で、兄達に何度かやられた手だ。たまに優しくして、その後で騙《だま》されたことを嘲笑するのだ。

だけど、彼がエリーゼの指を口に含むと、途端に何も考えられなくなってくる。

だって……わたしの指がしゃぶられているのよ。

信じられない。こんなことをするなんて。

でも、指先はとても敏感なのだ。彼の口の中はとても温かくて、妙な心地よさがある。おまけに、舌が絡みついてきて……。

まるで唇にキスされたときみたい。

そう思いながらも、不思議と唇にキスされるより淫らな気持ちになってくる。たかが指先なのに。どうして舌を絡められ、しゃぶられ、舐《な》められていると、お腹の内側が熱くなってきてしまうのだろう。

指をしゃぶられているだけで、頬が火照る。心臓の音がやたらと大きく聞こえてくる。胸が何かでいっぱいになり、唇が自然と開いて吐息をつきそうになる。

たったこれだけで、こんなに翻弄されてしまうなんて。

やがて、彼は唇を離すと、目を上げた。潤んだ目になっている自分を、彼はじっと見つめてニヤリと笑った。

「ど、どうして笑うんですか？」

「ベッドの上で敬語を使うことはない」

確かにそうだ。エリーゼは思い切って敬語を使わずに尋ねた。

「じゃあ……どうして笑うの？」

「おまえが欲情しているのが分かるからだよ」

「……よよ、欲情なんて……！」

「してるさ。目を見れば分かる。おまえは本当に分かりやすい。気持ちよくなってきたんだろう？」

彼の言うとおりだが、それを認めたくなくて、かぶりを振った。その拍子に髪が乱れて、自分の頬に当たる。

クラウスは頬に貼りついた髪を払いのけて、そのまま唇に触れてきた。

「さあ、お返しをしてもらおうか」

「……何をすればいいの？」

エリーゼはごくんと唾を呑《の》み込《こ》んだ。一体、これから何をさせられるのだろう。怖いような、ドキドキするような、変な感覚がある。

「俺の指を舐めればいいだけさ」

そう言うなり、彼はエリーゼの口の中に自分の人差し指を突っ込んできた。

「んん……んっ」

困った。けれども、彼の指はもう自分の口の中に入っている。それを吐きだすわけにはいかないし、そんなこともきっと許してくれないだろう。

エリーゼは仕方なく彼がしたように、指先に舌を絡めてみた。

そう。彼がしたように……。

記憶のように指に舌を絡めて、舐めていく。唇を窄《すぼ》めて吸って、しゃぶってみた。最初はぎこちなくやってみた行為なのに、気がつくと熱心に続けている。自分が感じたような淫らな気持ちにさせてみたかった。

なのに……わたしのほうがおかしな感覚に支配されてしまっている。

霞《かす》む目に、彼の海のような色の瞳がじっとこちらを見ているのに気がついた。自分の反応を観察されているみたいで、カッと頬が熱くなる。

「なかなか……いい」

彼は呟《つぶや》くと、指を引き抜いた。そして、唇をその指で撫でていく。

もう……やめて。わたしを変な気分にさせないで。

「……今度も同じようにやってみるといい」

唇が重ねられて、舌が侵入してくる。

同じように……って、どういうこと？

疑問に思ったが、すぐに分かった。舌を指のように扱えということなのだろう。エリーゼは半ば自棄《やけ》になりながら、言われるままに舌を絡めてみる。すると、彼も同じようにしてきて、互いに舌を絡め合うことになる。

気がつくと、まるで貪り合うみたいに、二人でキスを交わしていた。これが三度目のキスだと思えないほどに、エリーゼはキスに夢中になっている。

こんなの……おかしいわ。

ボンヤリした頭で考える。前世でも、こういう経験はないのだ。それが、たったの三度で、彼は自分を変えてしまった。

でも、全然嫌じゃない。好きでもなんでもないはずの相手と唇を合わせ、舌を絡めているというのに、どうして不快感がないのだろう。

それとも……わたしは彼を好きになっているって言うの？

たぶん嫌いではないのだ。この世界でまっすぐ目を見て、自分という人間を認めてくれたのは、彼だけではなかっただろうか。無視され、嘲られ、虐げられていた自分のことを、彼はまともな人間として扱ってくれた。

だからといって、好きなわけじゃ……。

クラウスは唇を離し、耳元で囁いた。

「おまえ……気に入ったぞ」

その瞬間、ドクンと心臓の音が聞こえた気がした。

きっと深い意味ではないことは分かっている。たとえばキスの仕方が気に入ったとか、そういう単純な意味なのだ。

でも……なんだかその一言で身体も心も溶けていくみたいだった。

わたし、この人に抵抗できない。

恐怖からではなく、身体と心にクラウスという存在が刻みつけられていた。

「あ……っ……」

耳朶《じだ》を優しく噛《か》まれ、声が出る。さっきまで上半身を起こしていたはずなのに、いつの間にかベッドで仰向《あおむ》けになっている。彼はエリーゼを組み伏すみたいな格好で、覆いかぶさっていて、身体の重みと体温を感じる距離の近さだ。

「いい声だ。たくさん啼《な》けよ」

耳朶を唇で挟まれ、舌で愛撫《あいぶ》されていく。エリーゼの背筋はゾクゾクとしてきて、思わず彼の首にしがみついた。

彼は冷酷な国王と言われている。そんな人にしがみつくなんて、どうかしているとしか思えない。けれども、さんざんダンスの練習してきたこともあって、自然と身体が動いてしまったのだ。

満足したような小さな笑い声が耳元で聞こえた。

「あぁ……ん……」

「なんだ。こういうのが好きなのか？」

彼の声が耳元で聞こえると、どうしようもなく身体の奥がムズムズしてしまう。

「そ……そこで……喋《しゃべ》られると……」

「耳が敏感というわけだ」

「やぁ……ぅ……ぁっ」

彼はわざと耳元でクスッと笑う。エリーゼは彼の腕の中で身体をビクビクと震わせた。

なんて意地悪なんだろう。でも、冷酷というわけではない。もちろん優しいわけでもないけれど。

彼は思う存分、耳を愛撫した後、首筋に舌を這《は》わせ始める。

「も……もうっ……や、やぁ……っ」

やめてと言いたいのに、ちゃんとした言葉にならない。それどころか、声も裏返ったように、普通の声が出せなかった。

こんなに乱れてしまう自分が嫌だ。恥ずかしい。

だいたい初夜は結婚式の後と決まっているのに、どうして彼がこんなことをしてくるのか分からない。とはいえ、彼がそうすると決めた以上、誰も止められないのだろう。エリーゼもどうしようもなかった。

せめて、これほど身体が熱くならなければいいのに。

乱れる自分を見られたくないのに。

そんな思いを知ってか知らずか、クラウスはエリーゼをもっと淫らな気分にさせていく。夜着は生地が薄くて、彼の体温がそのまま伝わってくる。彼の身体が筋肉質で、たくましいことも分かってしまう。

彼が身体を少しずらすだけで、胸の先が擦れてしまう。彼の厚い胸と触れ合うことで反応しているのだ。そんなことは知られたくないけれど、きっとバレているだろう。

だって、さっきからわざとのように何度も擦れているから。

夜着の襟ぐりはとても広く開いていて、彼はそこにもキスをしてくる。鎖骨の窪《くぼ》みに舌を這わせ、襟ぐりを引っ張り、露わになった胸のふくらみの上部にも唇を触れさせた。

「君はとても細いのに……胸はわりと豊かなんだな」

「は、はず……かしいから……ぁあっ」

胸の大きさの話なんてしないでほしい。だけど、彼はお構いなく夜着の上から胸のふくらみに触れてきた。

「やぁっ……ぅぅ……んっ」

指で乳首を摘まれて、呻《うめ》き声みたいなものを出してしまう。

「やっ……ホントに……」

「嫌じゃないだろう？　本当は感じているはずだ」

彼の言うとおりだ。悔しいけれど、少し刺激されるだけで感じている。できれば否定したい。感じてなんかいないんだ、と。

でも……無理。彼はちゃんと分かっているのだ。

「心配するな。俺の愛撫にはいくらでも感じればいい」

夜着の上から胸の先を唇に含まれて、エリーゼはビクンと大きく身体を震わせた。こんな大げさな反応を返したくないが、もう止められない。身体の内部にこもった熱はどんどん大きくなる一方で、どんなにもがいても、それは消えなかった。

「やぁん……あん……ぁんっ」

甲高い声が寝室に響いている。

何度も唇を噛みしめたけれど、気がつくと喘《あえ》いでしまっている。

愛撫している彼も息遣いが荒くなっていた。それならきっと、自分と同じように彼の鼓動も速くなっているのだろう。

どうして彼の愛撫にこんなにも感じてしまうのか。何も感じないでいられたら、翻弄されるだけだったなら、気持ちは楽だったのに。

クラウスはエリーゼが自分でも知らなかった部分を引き出しているのだ。

無意識にうちに、エリーゼは彼の銀色に輝く髪に手を差し込んでいた。自分の胸に押しつけているつもりはないが、それでもそんな意図が自分にあるように感じてドキッとする。

それほどまでに、エリーゼは快感の虜《とりこ》になっていた。

彼の手はもはや胸ではなく、太腿《ふともも》を撫でている。

え……太腿？

夜着の長い裾はたくし上げられていて、露わになった太腿に触れられているのだ。驚いて、しっかりと脚を閉じたものの、それで抵抗したことにはならないだろう。どのみち彼の手から逃れられるわけがない。

彼は顔を上げると、夜着の裾をもっとまくり上げようとする。

「や、やだっ……やぁ……っ」

慌てて手で押さえようとしたが、無慈悲にも手は払いのけられてしまう。下半身が彼の目に晒されて、エリーゼは泣きそうになった。

「こんなものは邪魔だ。脱いでしまえ」

彼に剥《は》ぎ取られて、エリーゼは腕を身体に巻きつけて隠そうと試みる。その努力を、彼はふんと鼻で笑った。

「無駄な努力というやつだ」

「ひどい……」

「俺がひどいなんて、今更だろう」

彼も自覚があるのだ。だからといって、なんの慰めにもならない。

「……何も泣くことはないだろう。こんなに綺麗な身体なんだから。恥ずかしいことなんてない」

エリーゼが涙ぐんだので、少し気が咎《とが》めたのか、めずらしく宥《なだ》める口調になった。そして、優しく抱き締めてくる。彼の服が素肌に当たり、微妙な気分になる。こちらは裸なのに、彼だけ服を着ているのだ。しかし、だからといって脱いでほしいとも思えない。

だって……。

彼が服を脱ぐと思うだけで、頬が熱くなってきてしまう。

もし互いの素肌が擦れ合ったりしたら……。

そんなことを想像しているエリーゼの瞼《まぶた》の上に、彼はそっと唇を押しつけてきた。情欲にかられたキスではなく、思いがけなく優しいキスで、エリーゼは身体から力が抜けていくのが分かった。

彼が身体を離したので、目を開ける。もっとキスしてもらいたかったのにと思いながら。

するると、彼は白いシャツを脱いでいた。すぐに上半身が裸になる。思ったとおり筋肉に覆われていたが、過剰にたくましいわけではなく、引き締まった身体つきだった。

「ほら。こうしたら……」

再び抱き締められて、ドキンと胸が高鳴る。初めて素肌が擦れ合う感覚を味わい、眩暈《めまい》がしそうだった。想像以上の心地よさなのだ。

そして、温《ぬく》もりが直《いと》に伝わってきて、うっとりする。

何故だかとても愛しく感じられて、エリーゼはその背中に手を回した。

愛しいなんて感じるのは間違いだ。わたしは彼にそういう気持ちはないんだから。彼だって同じだ。

だけど、抱き合うと気持ちよくて、ずっとこの温もりに包まれていたくなる。

エリーゼは掌《てのひら》をつい彼の背中に滑らせてしまったが、手を止めた。これ以上、撫でたりしたら、この腕の中から離れたくなくなるからだ。

これは……何かの間違いよ。こんなふうにおかしな気持ちにさせられるのは。

今度は唇が重なった。舌を差し込まれることなく、重なっただけだ。それでも、彼は二度、三度と唇を重ねてくる。そして、その唇は顎に移動していき、やがて喉に這っていく。

「はぁ……ぁ……んっ」

甘い声がまた勝手に出てくる。止めようしているのに、何故だか止められなかった。触られてもいないのに、胸の頂が甘く疼《うず》いている。さっきみたいに触れたり、キスしたりしてほしかった。

初めての経験に戸惑っていたはずなのに、今の自分がどれだけ彼の愛撫を待ち望んでいるかに気づき、愕然としてしまう。

わたし……そんなつもりじゃなかったんだけど。

でも……触れてほしい。キスしてほしい。舌先で舐めてほしい。

待ちかねて、身体を揺らすくらいに、愛撫してほしかった。

彼の両手が左右の胸のふくらみを同時に包んだ。

「俺の手にぴったりで、ちょうどいい大きさだ。形も……敏感なところも……すべていい」

彼は手の中にあるものをしげしげと眺めて、キスをしてくる。

「あぁっ……！」

待っていたから、彼の唇に包まれたとき、身体が大げさに動いた。声も少し大きく出てしまい、エリーゼは頬を火照らせる。

「や、やだ、わたし……」

「いいのさ。好きなだけ声を出せばいい」

そうは言っても、誰かに聞こえているかもしれない。

「叫ばなければ大丈夫だ」

「あ、でもっ……」

続いて音を立てて、しゃぶられて、ビクビクッと身体を震わせた。そして、彼はそのままお腹にもキスをしてくる。

体内に炎が宿ったみたいな感じになっていた。熱くてたまらない。同時に、脚の間が溶けていくように思えて、腰を左右に揺らした。

「……誘っているのか？」

「ま、まさか……」

「まあ、おまえが誘うわけもないか。だが、そんなことをされたらオレも我慢できなくなってきそうだ」

彼はエリーゼの腰にキスをしながら、太腿の間に手を滑り込ませてくる。

大事な部分に触れられて、嫌だと言いたいのに、何故か言葉が出てこない。それどころか、

「ん……やぁっ……ぁぁ……っ」

嫌だという感情そのものが湧いてこなかった。

どちらかというと、触れてほしい……と。

そう思ってしまう。

まるで身体と頭が分離しているみたいだ。理性では、感じるべきではないし、声を出すのもダメ、愛撫してもらいたいなんて思うのもいけないことだと分かっている。けれども、身体は

確かに彼の手や唇に反応して、もっと触れてもらいたいと願っているのだ。

指先が秘部をゆっくりと撫でていく。すると、とろりと中から何かが溢《あふ》れ出《で》てきた。

「こんなに濡《ぬ》れて……」

「言わないで……っ」

「いいじゃないか。おまえがこれだけ感じているという証拠だ」

彼は満足なのか、とても機嫌よさそうに低い声で笑った。

「ベッドでも小動物並みに逃げ回るかと思ったが、そうじゃなかったな」

彼はミレートに送った間諜に、エリーゼがネズミ呼ばわりされていたことも聞いているのだろう。しかし、今の自分は屈辱など感じている暇はなかった。

だって、彼の指が……。

指先だけが少し中に入っていく。だけど、すぐに出ていき、また中に入ってくる。焦らされているのだろうか。経験はないけれど、これから先どうなるかは知識としてある。

だから、怖いのと同じくらい、ドキドキしているのだ。

彼のキスは太腿に移動していた。やがて、彼はエリーゼの両脚をゆっくりと開いた。

「あぁ……っ」

恥ずかしくて、頬が火照ってくる。ランプのほのかな灯りであっても、やはり触られるのと見られるのとでは違う。

彼は躊躇せず、秘部にもキスをしてきた。

「あぁぁ……ぁっ……ん」

身体の熱がさらに上がった気がした。頭の中も沸騰したようになり、ギュッとシーツを掴んだ。

恥ずかしさもどうでもよくなるくらい、それは衝撃的だった。そんなところにキスされたこと自体もそうだが、舌で愛撫されるとその部分が蕩《とろ》ける感覚がしたことに驚いたのだ。

快感がじんわりと体内に広がっていく。すごく気持ちいいのに、それだけではない。秘部だけではなく、全身が甘美な毒に侵されていく感じがした。

気持ちよすぎて、おかしくなりそう。

彼はキスと同時に、指でも愛撫してきた。さっき焦らしていたときより大胆に、内部へ入っていく。痛いはずだと思うのに、麻痺《まひ》したように分からない。ただ気持ちいいだけだ。

体内の熱はぐんぐん上がっていって、心臓の音がドクドクと速く聞こえてくる。

「あぁ……あぁ……んっ……あん……」

ひっきりなしに自分の喘ぎ声が聞こえている。耳を塞ぎたくても、そんな余裕もない。

ただ、もうこの快感をどうにかしたくて……。

これには終わりがあるのだろうか。ずっとこのままでは、物足りない。エリーゼは熱いのにゾクゾクしている身体をくねらせた。

「も、もう……ダメ……ッ」

切れ切れにそう言ったとき、エリーゼの中で何かが弾けた。

「あぁぁ……あぁっ！」

細い悲鳴みたいな声を上げて、身体を強張《こわば》らせる。そのとき、鋭い快感が全身を突き抜けていった。

いったい何が起こったの……？

いや、一応、知識としてはある。頭の中は別の世界の現代人だからだ。だけど、体験したのは記憶にある限り初めてで、エリーゼは茫然《ぼうぜん》としていた。

衣擦《きぬず》れの音でハッとする。クラウスは衣服の下も脱いでいた。下穿《したば》きもだ。男性の全裸を初めて目の当たりにして、思わず顔を覆う。

彼がふっと笑った。

「そんなに驚かなくてもいいじゃないか」

「だって……」

「見慣れないからか？　大丈夫だ。結婚したら、すぐに見慣れるから」

そうかもしれないが、そんな言葉は聞きたくなかった。

彼は裸のままエリーゼの顔を覆う手にキスをしてくる。

急に可愛らしいキスをしてくるから、調子がおかしくなる。いつもは他人のことなどどうでもよく、自分の思うとおりにしかしない人なのに、急に気遣いを見せてくるからだ。

「恥ずかしがる女は、実は嫌いじゃない」

そんな呟きと共に、彼はエリーゼの両脚を大きく広げた。慌てて手を退けてみると、彼は股間にある猛《たけ》ったものをエリーゼの秘部に押し当てていた。

ギョッとして身体を固くする。彼は銀色の髪をさっとかき上げて、少し笑った。

「少し痛いかもしれないが……身体から力を抜け。そうしたら……褒美をやるから」

褒美なんていらないから、解放してほしい。せめて本当の初夜まで。

そう思ったが、彼がこちらの言うことなど聞くはずもない。硬くなったものがぐっと入ってきて、エリーゼは小さく悲鳴を上げる。彼はそこで止めずに、ゆっくりと己のものを挿入していった。

痛かったが、それでも彼は一応、気を遣ってくれたらしい。すべて収めきった後、深く息をついたからだ。

「痛いか？」

彼の瞳がいつもより煌《きら》めいて見えた。

「今は……大丈夫」

「よかった」

掠《かす》れた声で囁くと、彼はエリーゼを抱き締めてきた。今度はもう何に妨げることもなく、裸の身体が重なる。

温もりが心地いい。同時に、何故だかエリーゼの胸に喜びが込み上げてきた。

どうして嬉しいの……？

理由は分からない。ただ、彼と裸で抱き合い、それどころか完全にひとつとなったことに、エリーゼの胸は温かくなっていた。

「エリーゼ……」

いつになく優しい囁きに、胸がときめく。

口づけをされて、エリーゼは彼の首に腕を巻きつけた。そして、唇を開き、彼の舌の動きに自分を合わせていく。

そうしていると、身体の奥にまだ燻《くすぶ》っていた熱が息を吹き返してきたようだった。そして、熱は再び広がっていく。

ああ、ゾクゾクしてくる……。

彼に貫かれている下半身が甘く疼いていた。それをどうにかしてほしくて、エリーゼは腰をわずかに動かす。すると、彼は顔を離して微笑んだ。

ドキン。

胸が震えた気がした。

「おまえは呑み込みが早い」

「え……？」

「気に入ったぞ」

彼はゆっくりと腰を動かし始める。

「あ……っ」

最初は緩い動きだったのに、次第に速くなっていく。同時に、彼はエリーゼの腰や太腿を何度も撫でた。

「はぁ……ぁ……はぁ……っ」

気がつけば、お尻がシーツから浮いている。両脚は大きく広げられていた。エリーゼはもはや彼のなすがままだった。

彼の股間の猛ったものはエリーゼの内部を擦るように動いていく。その感覚に、どうしても声が出てしまう。

だって……気持ちよくて抑えられない。

秘部を舐められたとき、これ以上の快感はないと思った。が、そんなことはなかった。内壁が擦れることもそうだが、彼が奥のほうまで入ったときに衝撃が走るのだ。そうして、彼が奥まで入るたびに、それは続いていって……。

「あ…んっ……ぁん……っ」

甘い喘ぎ声と彼の荒い息遣いが聞こえる。エリーゼは快感でいっぱいになっている自分を持てあまし、彼に必死でしがみついた。彼はエリーゼを抱きしめ、二人は徐々に高まっていく。

やがて限界を迎えたかのように、エリーゼは腕に力を込めた。

「あぁぁっ……んんんっ……！」

めくるめくような快感が全身を貫く。彼もまた同時に昇りつめて……。

気がつくと、二人はきつく抱き合いながら、互いの鼓動を感じていた。

しばらく抱き合ったままだったが、嵐が過ぎた後みたいに身体も心も静かになっていく。

やがて、クラウスはエリーゼから離れた。

「……大丈夫か？」

エリーゼは掠れた声で答える。

「はい……」

彼がふっと笑う。

「大丈夫そうに聞こえないな。初めてだったからだろうが」

そうだ。初めての経験だったのだ。

改めてエリーゼは今の出来事を思い返してみた。ただ無我夢中だったが、ひとつはっきりしたことがある。

エリーゼは彼とひとつになったときに喜びを感じていた。

もしかして、わたしは彼のことが好きなのかしら。

前世では淡い恋心なんかはあったが、恋愛経験はなかったし、今世ではそんな機会すらなかった。だから、自分が彼に対してどんな気持ちを抱いているのか、よく分からない。だいたい彼は理想の王子様なんかではない。それどころか冷酷な国王とまで呼ばれていて、エリーゼに対しては意地悪だし、こちらの意志を無視して、とても横暴なところもある。

そんな相手に好意を抱く……なんてことある？

でも、彼は意地悪なだけではない。優しいところもある。エリーゼを励ましてくれたのは、彼だけだ。

とはいえ、エリーゼは彼のことを怖がっていたはずだし、自分の心の変化についていけない。身体が結ばれた途端、どうしてそうなるのだろう。

彼はエリーゼの頬を撫でて、顔を見つめてくる。

その瞳に見つめられると、すぐに顔が火照ってしまう。海みたいな深い青の瞳には、そんな威力があるのだ。

彼はふっと笑うと、脱ぎ捨てた衣服を身につけた。エリーゼは自分だけが裸なのが恥ずかしくなり、夜着を手に取る。

「少し待ってろ。湯を持ってきてやるから」

戸惑うエリーゼは夜着を身体に当てる。彼は浴室へ行き、金属の桶《おけ》と手拭いを持ってきた。

桶の中には湯が入っている。湯気が出ていて、温度が高いのが分かった。

浴室にあった浴槽の湯はもう片付けられている。この世界にはまだ水道もないから、水差しの水くらいしかないはずなのに、どこからその湯が出てきたのだろう。

「あの……お湯はどこから？」

「魔法だ。俺は水と氷、火、風の四属性の魔法が使える」

クラウスは事も無げに言った。

「あ……それでお湯を出すなんて発想はなかったです」

ミレートも王族や貴族は魔法を使う。が、四つも属性を持つ人はいなかったし、主に攻撃としてか、脅かしとして使うくらいで、生活に直結するような使い方はしないだろう。というより、ミレート王宮では、生活に魔法を使うのは恥ずかしいことだと思っているようだった。

特に王族の強力な魔法は王宮の儀式に必要なもので、微弱な魔法を使う貴族の前でもったいぶって使うもの。そう決まっていた。なのに、彼は湯を出すのに使っている。

「俺には簡単に出せるものなんだから、利用できるものは利用したほうがいい」

彼は湯に浸した手拭いを絞って、エリーゼの身体を拭き始めた。

「じ、自分でやります！」

何もできない子供みたいに身体を拭いてもらうのは恥ずかしい。しかも、相手は国王だ。しかし、彼は完全に無視して、エリーゼの身体を丁寧に拭いた。自分のしたいようにしかしない人だと分かっていたが、ここまで徹底していると思わなかった。

だけど、これが彼のしたいことなの……？

エリーゼは羞恥に顔を赤くしながら、彼が拭き終わるのを待つしかなかった。

「よし。これでいい」

彼が金属の桶を片付けようとしているので、それはさすがに止める。

「わたしがやりますから！　陛下にそんなことさせられません」

彼は肩をすくめた。

「別に俺はこだわらないが。まあいい。ここに置いておこう」

エリーゼは夜着を素早く身に着けた。布一枚であっても、あるのとないのとでは違う。自分の裸体を彼の視線に晒し続けるのはつらかった。

「あの……陛下。今夜のことは……」

ベッドの傍らに立つ彼にそう言いかけて、エリーゼは何を言っていいのか分からなくなった。結婚式より先に初夜を迎えたなんて、この世界では外聞の悪い話だ。けれども、秘密にしたいと思ったところで、恐らく秘密にはならないだろう。メイドが薔薇の香りの湯を用意したのは、間違いなく目の前のこの人の指示によるものだから。

もじもじしているうちに、彼は話題を変えた。

「そんなことより、おまえは魔法をあまり使えないと聞いたが、本当か？」

エリーゼは頷く。彼は間諜からとっくにその情報を得ていたはずだ。

「わたしが使える魔法は……なんの役にも立たないんです。萎れかけた花をまた咲かせられるというだけですから」

それを聞いた彼は顔をしかめた。あまりにも大したことのない魔法だから、がっかりしたのだろう。王族は魔法が使えるのが当たり前なのだ。自分の妻であり子供の母親になるエリーゼが、魔法の才能がないなんて聞けば、落胆するはずだ。

「めずらしい魔法だな。属性はなんになるんだろう。魔塔《まとう》はなんと言っている？」

昔は庶民でも魔法を使っていたらしく、魔塔はその古い記録などを研究する機関だ。属性を分類するのも彼らの仕事だという。

「魔塔の誰もわたしに興味はなかったみたいなんです。だから知らないんですけど……属性は水かなと思っています」

「何故、水だと？」

「え……と、花を水に活けるじゃないですか。あんなふうに、花の中を水で満たすことができているんじゃないかと」

「なるほど。萎れた花の中に水が……。いつか見せてもらおう」

「はい。本当に全然大した魔法じゃないんですけど」

予防線を張ったのだが、彼は首を横に振った。

「俺は魔力のあるなしにはこだわらない。だが、おまえが自分を過小評価しているのが気に入らないな」

そうは言っても、ミレート王宮では余興のようにやらされた後、失笑されていたのだ。だから、彼に呆れられたくなかった。

そう。特に彼には。

身体を重ね、ひとつになった。その相手から馬鹿にされたくなかったのだ。

でも……彼は今までわたしを馬鹿にしたことがあったかしら。

褒めそやすことはなかったけれど、頑張りを認めてくれていた。そんな彼なら、萎れた花を咲かせるような魔法でも、適切な評価をしてくれるのだろうか。

エリーゼは自分の夫となるクラウスを見上げた。

彼はニヤリと笑い、エリーゼの頭を撫でる。ベッドで抱き合ったというのに、彼はまだ子供扱いしてくる。

でも、それがまるっきり嫌だというわけではなくて……。

「おまえと結婚するのを楽しみにしている」

静かな声でそう告げると、彼はベッドから離れ、部屋から出ていった。

結婚を楽しみにしてる……？　本当に？

ヴァルト王国の冷酷な国王クラウスがまさか！

エリーゼは首を振りながら、金属の桶と手拭いを片付けて、ベッドに潜り込んだ。そして、ランプの明かりを消して、真っ暗な部屋にする。

だが、目を閉じると、クラウスの顔や身体が浮かんできた。

疲れているのに、なんだか目が冴《さ》えている。エリーゼはまだこのベッドに彼がいるみたいに思えて、まったく落ち着かなかった。

＊＊＊

クラウスはすっかり満足して、自分の寝室に戻った。

身体だけのことではない。エリーゼを抱いたことで、彼女の本質に触れた気がしたからだ。何もかもが一体になったあの感覚は初めて味わうものだった。

もちろん結婚式の前に彼女を抱くつもりではなかった。けれども、自分を意識するあまりに、棒切れのようにぎこちなく踊る彼女を、どうにかしなくてはならないと思ったのだ。

クラウスは彼女のダンスが下手だろうと、どうでもよかった。しかし、晴れの日に上手く踊れなかったら、彼女は傷つくだろう。ただでさえ人の目を気にしている。大勢の人間が見つめる中、できるだけ自然に踊れるように、自分の身体に慣れさせるつもりだった。

とはいえ、本当に身体を重ねることになるとは思わなかったのだが……。

我慢できなかった。どうしてもひとつになりたかった。そして、自分はそのことを後悔していない。

順序は違うが、いずれにしてもクラウスは気にしない。エリーゼは気にするかもしれないけれど、どのみち結婚式はすぐだ。順序なんて、大した問題ではなかった。

それより、二人が抱き合い、至福の境地を味わった。そのことだけが重要なのだ。

エリーゼのことは可愛いと思っている。最初は小動物みたいな可愛さを感じていたが、今はあの健気《けなげ》さが気に入っている。傷つきやすく脆《もろ》いのに、努力してそれをなんとかしようという気構えがある。

やはり嫁いできたのが彼女でよかった。

国王の責任は重い。しかし、彼女となら、この王宮で力を合わせて国を栄えさせることができるだろう。

エリーゼ……。

クラウスは彼女のことを想いながら、服を脱ぎ、ベッドに入る。

本気で結婚式が楽しみでならなかった。

第三章　結婚式と二度目の初夜

いよいよ結婚式の日がやってきた。

式が行われるのは、王宮の敷地内に建っている神聖教会の礼拝堂だ。花嫁の支度をしたエリーゼは緊張しながら、そこへ向かった。

ヴァルト王国に来てから、エリーゼは今までにないくらい勉強をしてきた。社交的な会話は今も苦手なのだが、それ以外はちゃんと身につけたと言ってもいいと思う。

クラウスとはあの後もダンスの練習をした。彼が意図したとおり、ぎこちなくなることはなくなった。けれども、それはダンスの話であって、彼との仲は相変わらずだ。彼はいつも一方的だし、エリーゼは翻弄されるだけだった。

ダンス以外ではあまり顔を合わせる機会はなかったし……。

彼もまた多忙の身だからだ。ごくたまに一緒に食事をするくらいだ。とはいえ、彼と顔を合わせても、そんなに怖いとは思わなくなっていた。

だって、ベッドであんなことをしたんだから。

思い出すだけで顔が赤くなってくる。

ただ、身体と一緒に心も触れ合えたと思ったのは、気のせいだったかもしれないと、今は感じている。あの日以来、彼はエリーゼの寝室に入ったことなどなかったかのような顔をしているからだ。

いや、二人はまだ結婚していないのだ。親密になったところを人前で見せるわけにはいかないのだろうが、なんだか突き放された感じがしている。あのとき感じた幸せが消えたようで、少し淋《さび》しいと思ってしまうのだ。

実際、二人が結婚して夫婦になったとして、心が通じ合うのかといえば、それは幻想ではないかと思う。そもそも期待するだけ無駄な気がする。

だが、それは仕方ないのかもしれない。これは政略結婚だ。クラウスは美しいドロテアに求婚したのに、エリーゼみたいなみそっかす王女を押しつけられ、外交のため断れなかった。エリーゼはドロテアの代わりと知りながら、嫁いでくるしかなかった。

そんな悲惨な結婚のわりに、彼なりに優しくしてくれている……と思う。エリーゼが望むとおりに教師をつけ、勉強させてくれた。王妃にふさわしいように仕立てるために必要なことだったのだろうが、衣類や装身具やいろんなものを与えてくれた。

何より忠告や励ましもくれたのだ。寝室でも彼は優しくしてくれた。だとしたら、彼は結婚相手として、そんなに悪くはないのではないだろうか。

もろちん、冷酷だという評判を忘れたわけではない。側妃は子供達と引き離されて粛清されたと聞くし、その子供達の姿を王宮で見ることもない。ということは、ひょっとして子供達も手にかけたのだろうか。

そんなまさか……と思いつつも、そうではないと言い切れるだけの根拠もなかった。実際、彼を怒らせるととんでもないことになるのは、この王宮に来て初めての日に体験したのだ。

それでも、エリーゼはもはや逃げられない。逃げる選択肢などなかったが、こうして挙式の日が来てしまった以上、誓いを立て、王妃となるしかなかったのだ。

彼には『勇気を持て』『胸を張れ』『言いたいことは言え』『相手の目を見ろ』など、いろいろ言われた。

今はまだ彼の言うとおりにはできない。努力はしているが、彼が言ったとおり、すぐには身につかないのだ。自分では少しずつ進歩していると思うのだが、彼には大して変わらないように見えているだろう。

だって……。

今、純白のウェディングドレスを着て、神聖教会の白い絨毯の前に立つエリーゼは、花束を持ったまま震えていたからだ。

信徒席にいるのは招待された王族や貴族、有力者達だった。誰もが煌びやかな衣装に身を包み、ミレート王国から来た王女を値踏みしている。そんな彼らに注目されながら、一人で歩いていかなくてはならないのだ。自信が持てないエリーゼが震えてもおかしくないだろう。謁見室で国王に挨拶するより重圧感がのしかかる。

　国王の結婚ということで、特別に大司教が式を執り行ってくれるのだが、祭壇の前にその大司教とクラウスの姿があった。刺繍がたくさんしてある白い服に丈の短いマントをつけたクラウスが振り向き、こちらを見ている。

　そのとき、大勢の人に見られて緊張することより、いつまでも震え続けて彼に軽蔑されるほうが嫌なことに気づいた。

『おまえだって、やればできる』

　彼はそう言ってくれた。

　もしここで立ちすくんで動かなかったら——王太后はきっと嘲笑うだろう。もちろん他の招待客も。それくらいなら、勇気を出して歩き出したほうがいい。

　エリーゼは息を吐き、胸を張った。まっすぐ前を向き、クラウスをじっと見つめる。彼は少し頷いた。

　それでいい、ということなのだろう。エリーゼは彼を見つめて歩き始めた。

　エリーゼが身につけているのは、今まで見たことがないくらい手の込んだドレスだった。スカート部分には何重にも布地が重なり、繊細なレースがふんだんにつけられている。髪には花が飾られ、ベールは恐ろしく長く、端のほうを可愛い少女と少年が持って歩いていた。

クラウスの姿が近づく。彼はずっとエリーゼから視線を一度も外さなかった。そして、エリーゼがやっと彼の許に辿り着いたとき、ふっと笑った。

「いい面構えになったな」

普通は綺麗だとかいうものじゃないだろうか。だけど、彼から言われたことが何故だか最上の褒め言葉に思えて、エリーゼは頬を染める。ベールでそれが見えないのはありがたかった。

大司教は声を張り上げる。

「今より、大地の聖女神リアンガイナの御前で、ヴァルト国王陛下とミレート王国第二王女殿下の結婚の儀式を執り行います」

大司教は結婚について長々と語り、夫婦の絆《きずな》や務めについても話した。それからクラウスとエリーゼはそれぞれ誓いの言葉を交わす。

「私、クラウス・レオン・ハトシェウス・ヨーク・ヨシュア・ヴァルトは、エリーゼ・ルビー・モリアル・ココ・ミレートを妻とし、終生変わらぬ愛を誓う」

クラウスは教会に響き渡る声ではっきりと誓いの言葉を口にする。『終生変わらぬ愛』なんて、彼が頭の隅にもないのは確かなのに、こんなに堂々と発音するのがおかしかった。しかし、エリーゼ自身も同じように誓う。ここはきっと大勢の人が心にもない言葉を口にする場なのだろう。

そんなことを考えてしまうのは、この結婚に神経質になっているからだろうか。

だって、式が終われば、エリーゼは冷酷国王と有名な人の妻になるのだ。

そんなことを考えているうちに、指輪がはめられる。国の紋章がデザインされた指輪で、王妃しかつけられないものだ。

やがて大司教は再び声を張り上げて、教会にいる全員に宣言した。

「大地の聖女神リアンガイナの祝福により、晴れてこのお二人が夫婦となったことを宣言します」

招待客から拍手が沸き起こり、エリーゼは横にいるクラウスに目をやった。ベール越しでも、彼が満足そうな表情をしてこちらを見ているのがはっきりと分かる。

彼はわたしなんかが妻になって、本当にいいのかしら。

そうであってほしいけれど、そこまで自信は持てない。

「陛下、お妃様にキスを」

大司教の声に、エリーゼははっと我に返った。そういえば、この世界でも結婚式にキスはつきものだったのだ。

彼はエリーゼを自分のほうに向かせると、顔を覆っていたベールを上げた。視界が晴れて、彼の顔がはっきりと見える。

深青色の目がいつになく優しげに細められると、それが近づいてきた。目を閉じ、唇に柔らかな感触が押し当てられるのが分かる。

丁寧なキスで、何故だかほっとした。

目を開けると、彼の唇はまた満足そうに微笑んだ。

「これで、おまえは俺のものだ」

低い声で囁かれ、エリーゼはクラウスの所有物になった気がした。


その後、宮殿に戻り、謁見室で戴冠式が行われた。

エリーゼが正式な王妃になる儀式だ。壇上に上がったクラウスが王妃の冠を手に取り、彼の前に跪《ひざまず》くエリーゼの頭に載せた。

たくさんの宝石がついた黄金の冠はとても重たく、儀式のためだけに使用するものだ。普段の公式の場にはティアラをつけることになる。宝冠は歴代の王妃がつけたものだが、プラチナの台にダイヤが燦然《さんぜん》と輝くティアラはエリーゼのためだけに作られたものらしかった。

「エリーゼ王妃陛下万歳！」

そんなふうに声をかけられて、今すぐ逃げ出したい気分になってしまう。

ああ、とうとう王妃となってしまったのね。

クラウスもまたこの場では王冠をかぶっている。二人とも結婚式のときと身に着けているものが違う。彼の服装自体は式と変わらぬ正装だが、つけているマントが違うのだ。式では簡易的な短めのマントだったのに、今度は白い毛皮の縁取りがしてある豪華な丈の長いマントで、銀色のモール飾りが何本もつけられている。エリーゼはウェディングドレスと同じ白だが、王妃らしい厚みのある生地のドレスで、マントはクラウスと同じものだった。

二人はこれからこの姿で王都の中央通りをパレードすることになっている。クラウスは王冠を外し、エリーゼは王妃の宝冠の代わりにティアラをつけた。ティアラは宝冠ほどでなくても重さはある。頭が痛くなりそうだったが、笑顔でパレードするのも王妃の務めだ。

クラウスはエリーゼの手を取り、自分の腕にかけた。

「もう疲れているんじゃないか？」

「はい……」

「頑張れ」

激励の言葉はシンプルだった。エリーゼは笑顔を貼りつけたまま、馬車に乗る。パレードなので屋根がなく、オープンカーみたいなものだ。

馬車が近衛騎士に守られながら城門を出ると、パレードを待つたくさんの国民が歓声を上げた。大人から子供まで揃っている。なんなら犬までいるのが見えた。

まさか、こんなに多くの人が集まっているとは思わなかった。馬車は大通りの真ん中を通っていき、その両側にいる人達は声を上げ、手を振ってくれている。

エリーゼはどうするべきか分からなくて、横にいるクラウスをちらりと見た。すると、彼はなんと笑顔だった。いや、大きな口を開けて笑っているわけではなく、口元を緩ませているだけなのだが、それでも意外だ。しかも、時折、手を振り返したりしている。

彼みたいなクールな人は仏頂面で馬車に乗るものだとばかり思っていたのだ。だが、彼もこれを国王の務めだと理解しているのだろう。

エリーゼも彼に倣い、笑顔で手を振った。すると、嬉しく思ってくれたのか、歓声が上がる。

「国王様、万歳！　王妃様、万歳！」

彼らが自分みたいなみそっかす王女を王妃として認めてくれたことに、エリーゼは涙ぐみそうになった。貴族はまた違うだろうが、彼らは自分を認めてくれているのだ。

今だけ立派な王妃になった気がした。これからが大変だということは分かっているが、歓声を上げてくれている彼らにもこの喜びを返したい。だから、懸命に笑顔で手を振り続けた。

やがてパレードが終わり、馬車は城門の中に入っていく。すると、今まで笑顔だったクラウスはすっと素の表情になった。

そんなに素早く顔の表情を変えられるなんて……。

エリーゼの顔はすっかり強張っていて、思わず自分で頬を両手で擦ってみた。

「化粧が取れるぞ」

彼に注意されて、エリーゼは慌てて手を下ろす。

「次が一番大変だからな」

エリーゼは頷いた。言われなくても分かっている。次は祝宴なのだ。大きなホールで招待客と食事を摂った後、ダンスがある。問題はその招待客のほとんどが貴族ということだ。

貴族は恐らく他国から嫁いだエリーゼの粗を見抜いてやろうと待ち構えているはずだ。おどおどしていたら、ミレートにいるときと同じように嘲笑されることだろう。

そもそもエリーゼの噂はもう出回っているのではないだろうか。ミレート王国と親交のある貴族もいるかもしれない。『みそっかす王女』や『壁の花姫』なんて、噂好きな人にはたまらない話題だ。

エリーゼは一旦、部屋に帰り、少し休憩を取る。化粧を直し、髪を整えて、再びクラウスと合流した。服装はさっきまでと同じだが、二人とも大げさすぎるマントは外している。ただし、エリーゼの頭の上にはまだ王妃の印であるティアラが輝いていた。

祝宴が開かれる大きなホールの扉が開いた。

中には長いテーブルがいくつか置いてあり、どのテーブルにも美しい布地のクロスがかけられ、カトラリーやグラス、ナプキンが用意されている。ホールのあちこちには花が飾られていて、もちろんテーブルの上にも綺麗に活けてあった。

すでにたくさんの着飾った貴族達がテーブルについていて、国王と王妃を待っている。彼らの目が一斉にこちらに向けられた。ここでも多くの視線に晒されながら歩かなくてはならない。

「前を向いて歩けば大丈夫だ」

彼はエリーゼの手を自分の腕にかけさせて、小さな声で囁いた。

彼と身体が触れ合うだけで、何故だか安心できる。それもあの夜のおかげなのかもしれないと思ったら、少し緊張が解《ほぐ》れてくる。

ホールの中央には礼拝堂と同じように絨毯が敷かれてあり、そこを二人で歩いていく。そして、一番奥の少し高くなった壇上の席に二人並んで腰かけた。招待客を見渡せる位置にある席だ。同じようにテーブルにはクロスがかけてあり、カトラリーなどの用意がされている。

ふと見ると、一番前の席には王太后とリカルドの顔が見えた。リカルドは姿勢を正してじっと座っているが、七歳の子供には退屈な場だろう。だが、目が合うと、彼はニコッと笑ってくれた。

王太后は相変わらずツンと澄ましているし、好きにはなれないが、彼女がそんな態度を取るのも分かる気がする。なんといっても、先王の妃なのだ。自分のものだった王妃の位に、新しい女がつくなんて面白くないに違いない。

しかし、何もそうあからさまに嫌な態度を取らなくてもいいだろうにとも思う。腹の底では憎んでいても、表面上はにこやかに接することもできるはずだからだ。

結局、エリーゼ自身が王妃どころか王女らしくないからだろう。ネズミと呼ばれていた頃の自分はまさにおどおどしていたからだ。

でも、この二ヵ月間は頑張ったから、少しは王妃らしく振る舞えているのではないだろうか。

自信はないが、一応はこうして目立つ場所に座っていても、なんとか逃げずにいられるようになった。

やがて祝宴が始まる。

だが、すぐに食事とはならずに、まずは宰相が祝辞を述べた。それから王太后を始め、名だたる貴族が祝いの言葉を口にする。

エリーゼはこの国の貴族について勉強していたが、有力貴族は先王の側妃の縁者達だった。みんな笑顔でいるものの、内心はお祝いムードとはほど遠い気がした。それでも、能面のような顔をした王太后よりはマシなのかもしれない。

やはり、クラウスは敵が多いのだろうか……。

先王が亡くなったとき、この王宮はかなり混乱が起こったのだという。詳しいことは知らないが、先王は病に倒れた後、あまり長引かずに亡くなったのだ。ところが、先王はクラウスを王太子にはまだ任命していなかった。

それは二年前のことで、クラウスは二十五歳。当然、周りはクラウスを王太子扱いしていたし、彼も王太子としての仕事をしていた。ところが、立太子をしていなかったため、リカルドや側妃が産んだ王子にも継承権があると貴族達が言い出して、大騒ぎになったらしい。

それを力で制圧したのがクラウスだったと、この国の歴史を教えてくれた教師から聞いた。

他の王子はまだ子供で、そもそもクラウス以外の国王など考えられる状況ではなかったというのに、貴族達は摂政として権力を振るいたいという欲望に勝てなかったのだ。

結果、たくさんの貴族が粛清されたという話は、ミレート王国にも伝わっていた。

つまり、祝辞を述べた貴族達は、クラウスに対して恨みを隠し持っているというのが正解かもしれない。

現在のヴァルト王国が平和なのは、クラウスの力によるものなのだ。彼に力がなく、付き従う者達がいなければ、貴族同士の争いになり、他国から戦争を仕掛けられていただろう。

ミレートも隙を狙っていたという。王宮で『壁の花姫』をやっていたエリーゼは、地味で人目につかないことをいいことに、舞踏会での噂話を横でさり気なく聞いていた。噂でしかなかったけれど、それは確かにあり得る話だった。

なんにしても、ミレートがヴァルトを下に見ていたのは間違いない。だからドロテアではなく、自分が嫁がされたのだ。冷酷だという噂だけが理由ではないだろう。彼女は自分が結婚するなら、それによって最大限のメリットがなければならないと日頃から言っていたからだ。

クラウスは恐らくそれを知っていただろうし、だからエリーゼと一緒にやってきた者達をミレートにすぐに送り返したのだ。

まあ、わたしは彼らがここにいなくて本当によかったと思っているけれど。

彼らがいたなら、エリーゼがすることにいちいち口出ししてきたに違いないからだ。クラウスと結婚前にベッドを共にすることもなかっただろう。

エリーゼはふとあのときのことを思い出して、一人で顔を赤らめた。

そういえば、今夜が本当の初夜で……。

でも、祝宴は長く続きそうだし、そんな暇なんてないかもしれない。エリーゼがそんなことを考えている間に、貴族達の祝辞は終わっていた。

すると、今度はクラウスが立ち上がった。エリーゼも彼に合わせて立ち上がる。彼は声を張り上げて話し出した。

「私と王妃の祝宴に駆けつけてくれて礼を言う。彼女はミレート王国からやってきたが、我が妃として大地の聖女神リアンガイナの祝福を受けた。これからは私と共にヴァルト王国の礎《いしずえ》となり、よき世継ぎを産み、育てるだろう。我が国の臣民達が妃に敬愛と信頼を捧げ、盛り立てていくことを願っている」

彼の挨拶は簡単なもので、後は拍手が響き渡る。二人は着席して、これからやっと食事が始まるのだ。

前世での結婚披露宴みたいに余興などはないから、全員で会食しているだけだ。そのおかげで花婿花嫁であっても客の注目を浴びることはない。エリーゼもゆっくりと食事を楽しむことができた。

食事の後に、問題のダンスが始まる。

次の間への扉が開かれ、みんながそちらに移動していく。最後に、クラウスとエリーゼが移動すると、そこには楽団がいて、音楽の演奏を始めた。

ダンスの練習のときに、ピアノ奏者が何度も弾いてくれた曲だ。気がつくと、クラウスとエリーゼの周りだけ人がいない。つまり、ここで踊るということなのだろう。

クラウスが手を差し出す。エリーゼはその手を取り、ホールドの姿勢を取る。そうして、音楽に合わせて踊り出した。

もちろん視線を感じる。好意的な視線より、好奇の目だ。貴族の間には『みそっかす王女』の噂を聞いた者も多いだろう。それに、確かミレートから使者が来て、結婚式や祝宴に参加するようなことを聞いた気がする。ということは、この貴族の群れの中にいるのだろう。エリーゼがみっともなく踊っているのを見て、内心嘲笑しているのかもしれない。

「どこを見ているんだ」

クラウスに小さな声で叱責されて、はっとした。慌てて顔を上げて、彼と視線を合わせる。

「そうだ。さんざん練習しただろう？　余計なことは考えるな」

「はい……」

彼は厳しいが、言うことは正しい。彼の言うことに従っておけば間違いないのだ。

下を見ずに、まっすぐ視線を向ける。目を逸らせば、自信がないことが露呈してしまう。エリーゼはできればこの王国では誰にも馬鹿にされたくなかった。

彼の目だけを見ていると、不思議な気分になってくる。

誰が見ていようと関係ない。そう思えてくるのだ。

自信のないわたしだけど、彼が傍にいてくれれば……。

本当は彼を信じすぎてはいけないのだけど。

彼は冷酷な国王だと噂されていた。もちろんそのわりに親切な面もあるし、今のところひどい目に遭ったことはない。けれども、優しい人だと思い込むのは危険だ。彼は真実の姿をまだエリーゼには見せていないだけかもしれないからだ。

おとなしい犬だと思って手を出したら、実は猛犬だったなんてことはあり得る。手を噛み千切られてからでは遅すぎる。もう少し警戒心を持たなくては。

そう思いつつも、エリーゼは彼の華麗なステップに身を任せていた。やがて、曲が終わり、二人はそれぞれ相手から離れて、見守っていた全員のほうを向く。拍手が寄せられ、エリーゼはクラウスのほうをちらりと見た。

「大丈夫だっただろう?」

「はい。練習の成果……ですね」

「違う。俺のおかげだ」

確かにそうだ。けれども、自分で言ってしまうところがクラウスらしい。

次は別の曲が演奏されて、別のカップルが踊り始める。そして、次々にみんながダンスを始めた。

「これで俺達のすることは終わった」

「え……」

「さあ行くぞ」

彼はエリーゼの手を取り、出入口へと向かった。

「もう何もしなくていいんですか？」

「式や祝宴のことは、前もって聞いていたんじゃないのか」

もちろん忘れないようにとずっと言い聞かされてきた。だが、ダンスの後もずっとそこに残るのだと思っていたのだ。ダンスが終わったら、こんなに早く退場していいとは思わなかったのだ。しかも、なんの挨拶もなく。

けれども、会場を出たら、ほっとできた。

ずっとあの場にいたら、今以上に疲れ切ってしまっただろう。

「普通の舞踏会みたいに、いろんな人と挨拶ばかりするのかと思っていました」

エリーゼはそれを見ているだけだったが、社交上手のドロテアはここぞとばかりいろんな人と談笑していた。

「挨拶は明日さんざん受けることになるさ」

「あ……そうですね」

明日は謁見の予定があり、ほぼ一日中、いろんな客からの挨拶を受け、祝いの品を受け取るくてはならない。

ことになるらしい。謁見はクラウスの仕事だったが、明日だけはエリーゼも隣に座っておかな

「ずっと忙しいみたいですね」

「そうだ……と言いたいところだが、今夜は違う」

彼はちらりとエリーゼに視線を向けた。目が合い、エリーゼは頬を赤らめる。

「今夜から、おまえは俺の隣の部屋で寝起きすることになる」

「は、はい……っ」

急に祝宴のときの彼の挨拶を思い出す。彼は世継ぎを産み、育てることをエリーゼに期待しているのだ。もちろん世継ぎを産むためには、しなくてはならないことがある。

エリーゼの頭の中に、いろんな記憶が渦巻いた。彼と抱き合ったときの感触だとか、身体にキスされたときのことだとか、彼が衣類を取り去ったことだとか……。

「頬が赤いぞ。何を考えてる」

「べ……別に何も……」

「嘘だな。おまえも案外ああいうことが好きなんだな」

「好きなんて……！」

「嫌いでもないんだろ。まあどうせなら、好きなほうがいいに決まっている」

確かに。いつも彼の言うことは正論だ。

あの行為が嫌だったら、結婚生活は地獄と化してしまう。好きなのかと訊かれたら、返答に困るが、嫌でなかったのは間違いなかった。

「さあ、しばらく身体を休めるといい。念入りに湯浴みにしろよ。この間と同じ薔薇の香りがいいな」

そう言いながら、彼はさっさと自分の部屋へ入っていく。するとは、後ろからついてきたらしい数人の侍従が慌てて追っていく。振り返ると、エリーゼの侍女三人も少し離れたところからついてきていた。

彼女達はエリーゼと目が合うと、にっこりと微笑み、近づいてくる。

「王妃様のお部屋はこちらになります」

隣の部屋の扉が開くと、今までエリーゼが寝起きしていた部屋が物置に思えるくらい広かった。優雅で品がある内装で、壁紙さえも美しい。調度品ひとつとっても素晴らしい彫刻が施されていた。壁には手の込んだ大きなタペストリーがかけてある。ここは王妃専用の客間になるらしい。ソファやテーブル、椅子があった。

王妃専用の居間、書斎も用意されている。王妃もすべき仕事があるからだ。王太后が王妃時代に占有していた空間ではあるが、今は全部、改装しているらしかった。

「こちらは衣装室になります」

この二ヵ月の間にたくさんドレスが作られていたが、上着や帽子、装飾品や髪飾りなども並べられている。全身が映る大きな鏡もあるが、カーテンで区切られたスペースには鏡台も置いてあった。ここで着替え、髪を整え、メイクをすることになるのだろう。

浴室もちゃんとあった。もちろん今までの部屋より豪華だ。

「あ、これは……」

石鹸《せっけん》が用意されている隣にあるのは、香りのするオイルだ。何種類か置いてあり、もちろん薔薇の香りもあった。

これはクラウスの指示なのかしらね……。

なんだか照れてしまう。

「さあ、王妃様。湯浴みの支度ができますまで、こちらでお休みください」

居間のソファに連れていかれ、エリーゼはお茶をいただく。温かいお茶はお腹に染み渡り、心が休まる。ふーっと大きく息をついて、今までずいぶん緊張していたのだなと思った。

でも、なんとかやり遂げたわ！　みそっかす王女で、壁の花姫のわたしでも。

舞踏会で踊ったこともないのに、あんなに大勢の前でステップも間違わずに踊れた。もちろんクラウスの言うとおり、彼のおかげなのだろう。それでも、自分の努力が実を結んだみたいで嬉しかった。

ダンスだけでなく、結婚式も戴冠式も、それからパレードや祝宴まで……。

ちゃんと落ち着いて、やってのけた。どれもクラウスのおかげという気がするものの、やはり自分自身が頑張ったからできたのだ。

これからもきっと、なんとかなるはず。

彼が傍にいてくれれば……。

「王妃様、湯浴みのご用意ができました」

侍女の声に、エリーゼは立ち上がった。ドレスを脱ぎ、コルセットを取ったときには、ほっと息を吐く。今日は特にギュウギュウにコルセットの紐《ひも》を締められていたからだ。おかげで、美しいスタイルに見えていたことだろう。

とはいえ、とても窮屈で、息も苦しかった。解放されたらほっとするのも当たり前だ。

浴室の浴槽は猫足がついたもので、湯に浸《つ》かると、脚が伸ばせた。今朝までいた部屋の浴槽は小さかったものの、あちらのほうが湯を溜《た》めるのに、そんなに労力は使わないのではないかと思った。

そういえば、ミレートでは……。

思い出して、エリーゼは気が滅入《めい》った。

なかなか湯を運んでもらえなくて、大変だったのだ。入れてもらえたと思ったら、冷たい水だったりした。いや、水でもないよりマシだった。エリーゼ自ら水を汲《く》みにいったことだってあるくらいだ。

洗顔の水さえも運んでもらえないことがあって、さすがにそれは母に訴えた。母は心底面倒そうだったが、王女が薄汚くなるのは外聞が悪いと思ったに違いない。それからは、メイドが交代で嫌々ながら洗顔の水や浴槽の湯を運んでくるようになったのだ。

ここでは侍女が身体や髪まで洗ってくれる。薔薇の香りの湯で。

ああ、ここは天国かしら……。

そう思ってしまうほど、ゆったりとした時間を過ごした。

夜着を身に着け、その上からガウンを着る。そのどれもが侍女が手伝ってくれる。いや、前世の記憶があり、ミレートで冷遇されてきたエリーゼは、自分のことは自分でなんでもできた。誰も知らないが、やろうと思えば料理や掃除だってできる。

でも、やはりここでの自分は王女だったし、今は王妃だ。立場にふさわしい扱いをしてもらうことが嬉しい。

侍女が静かに出ていき、一人きりになってから寝室に足を踏み入れる。今夜は初夜だと思い出し、急にドキドキしてきた。

彼に抱かれるのは初めてではないが、久しぶりだ。あのときは未婚の娘だったので、罪悪感も少しあった。未婚の女性は婚姻前に男性と同じ部屋で二人きりになってはいけない……なんて言われているくらいなのに、同じ部屋どころかベッドを共にしたのだ。

思い出したら、自分でも恥ずかしい真似をした。

裸で脚を広げて……。

エリーゼは一人で頬を両手に当て、恥ずかしがっていると、扉が開いた。クラウスの寝室を隔てている扉だ。

「準備はできたみたいだな」

クラウスは静かに話しかけてきた。

彼はガウンしか身に着けていないみたいだ。広い胸や膝から下も見えている。エリーゼもガウンと夜着をつけているものの、日中に比べたら、着ていないも同然だった。

なんだかドキドキしてきた……。

彼はベッドの中央に座り込んでいるエリーゼの隣にやってきた。

「またいろんなものを着込んでるな」

「中はたった一枚ですけど」

「ほらまた。ベッドでは敬語を使うな。いや、今日から夫婦になったんだ。全面的に敬語はやめろ。『陛下』もなしだぞ。名前を呼べ」

そうは言うものの、彼には威圧感がある。乱暴な物言いもするし、なんとなく敬語を使いたくなってくる。だが、ぐずぐずしていると、彼を不機嫌にさせるだけだ。

「はい……クラウス」

目を上げ、改めて彼を見つめる。

彼はガウンしか着ていなくても、やはり素敵だ。完璧な造形と思える目鼻立ちに加えて、めずらしい銀色の髪、そして海みたいな色の瞳。どれも美しいが、彼が絶対に軟弱に見えないのが、その眼光の鋭さだ。

気力が他の人の倍以上ありそうだ。そして、自分の言動に自信がある。それが威圧感になっているのだろう。

「顔ばかり見ていないで、おまえからキスでもしてくれ」

「えっ、わたしがするんですか？……あ、わたしがするの？」

彼が睨むから言い直した。

「そうだ。キスくらい簡単だろう？」

「簡単じゃない……わ」

彼はニヤリと笑う。もうすでに意地悪モードだ。

すると、彼はエリーゼの肩を掴んでぐいと引き寄せる。顔が間近にあり、ドギマギしてくる。

「ほら。してみろよ」

結局キスするまで、彼はそう言い続けることだろう。エリーゼは心を決めて、顔を近づけた。唇が合わさる。こんなに意地悪な人なのに、唇は柔らかい。おっかなびっくりのキスだったが、彼に更に引き寄せられて、思わず口を開いた。その拍子に舌が滑り込んできた。

「ん……っ」

強引に舌が絡んできたが、やはり彼のキスは嫌ではなかった。少し乱暴ともいえるキスでも、次第に何かの渦に呑み込まれていくような気がした。

だって、すぐに身体が熱くなるから……。

そんなつもりじゃなかった。キスはまだ序の口だ。だけど、始まりの合図でもある。

エリーゼもおずおずと彼のキスに応える。

じっとしているだけじゃ物足りない。それに、自分もちゃんと応えることで、彼と対等だと主張したかった。

国王と王妃という立場ではなく、ベッドの中では同じ人間なのだ。

もちろん彼はミレートの王宮にいた人達とは違う。嘲笑したり、馬鹿にしたりしているわけではない。でも、子供扱いしているところはある。

だから……一人前の人間として認めてほしい。彼に認められると嬉しいから。

けれども、キスが深まるにつれ、エリーゼの頭の中は濃い霧がかかったみたいに何も考えられなくなってきた。

一度味わった快感が甦《よみがえ》ってくる。

あれをもう一度……。

彼がエリーゼの身体をまさぐっている。ガウンを留《と》めている帯が外され、彼の手が夜着を着た背中に回された。

大きな彼の手がぴたりと背中に当てられる。

温かい……。

それだけでうっとりしてくる。そこだけ特別に彼の体温が感じられて、キスをしながら息を洩らした。

唇を離し、彼はクスッと笑う。

「もう気持ちよくなったのか？」

「だ、だって……」

「いや、イイんだろう？」

言い逃れは許さないとでも言うように、彼は深青色の瞳をキラリと光らせた。エリーゼは観念して、コクンと頷く。

「お、素直になったな。……そうだ。気持ちいいときはいいって言えよ。おまえが望むようにしてやるから」

「わたしの望むとおり……？」

「ああ。おまえがもっと気持ちよくなれるように、な」

彼は耳朶を軽く噛んできた。

「あ……んっ」

彼はエリーゼが耳への愛撫に弱いことを知っている。だから、わざとだ。

エリーゼはたったそれだけで身体を震わせ、甘い吐息を洩らした。

「その声、本当にいい」

「あぁん……っ」

ツキンと耳朶が痛む。が、すぐにそこは舌で舐められ、癒されていく。

でも、舐められていると、やはり我慢できなくなってきて、彼の首にしがみついた。

「可愛いな」

彼はそう呟くと、また唇にキスをしてきた。さっきより情熱的な口づけで、エリーゼは彼の腕の中で身体を揺らす。まるで彼に自分の胸を擦りつけるみたいに。

もう……わたし、何やってるの。

そう思いつつも、何故だか止められない。欲望が先立って、身体のほうが制御できないのだ。

もっと抱き締められたい。もっとキスしたい。もっと……もっと……。

いろんなことしてほしい。

そんなことを考える自分が恥ずかしいのに、それも止められなかった。

気がつくと、エリーゼは彼にベッドの上に組み敷かれている。彼の重みが身体に感じられて、胸がキュンとなる。

不思議……。どうしてこんな切ない気持ちになるの？

もしかして、ずっとこんなふうにしてもらいたかったの？

彼と身体がぴったりと重なることに喜びを感じている。このまま二人で溶け合ってしまいたい。体温も鼓動もすべて分け合って……。

離れているときより、彼のことが好きになっている。

もしかして、これは欲望のせいじゃなくて……。

わたし、彼のことが好きなの？

そんなふうに思った自分に驚いた。エリーゼは彼のことをずっと威圧感があって怖いと思っていたからだ。

だけど、それが彼の一面でしかないことは分かっている。彼の優しさらしきものを感じたこともある。

もしかして、わたしが頑張ってきたことを彼に褒められたのが嬉しかったのも、彼のことが好きだったから……？

切ない気持ちになっているのは……彼を愛おしく思っている……せい？

そんなまさか。

初対面で最悪だったというのに、そんなはずはない。そう思いつつも、エリーゼは彼の首に絡めた腕を外せなかったし、なんと彼に脚まで絡めてしまっている。

「もう……おまえが可愛くてならないよ……」

その声を聞いて、頬が熱くなる。

彼もわたしのことが……好き、だとか？

いや、一足飛びにそう考えるのは早計というものだ。エリーゼは前世でも恋愛経験がない。恋愛ではない感情をそれだと勘違いしている可能性もある。

そうよ。勘違いかも。

でも、胸はドキドキしている。彼の鼓動も速く感じる。

不意に彼は顔を上げて、エリーゼを見つめてきた。真面目な表情に見える。彼はエリーゼの頬を掌で優しく撫でた。

「今夜のおまえはいつもより……色っぽく見えるな」

そして、その掌は首を撫で、胸元を撫でていく。

「あぁ……はぁ……」

布の上から両方の胸を揉《も》まれる。敏感な乳首が布に擦れて、思わず声が出た。

「や、やだ……ぁ」

「全然嫌じゃないだろ」

まさに、おっしゃるとおりだ。だけど、気持ちよくてつい言ってしまうのだ。何が嫌なのかと言えば、たったこれだけで感じている自分が嫌だった。

でも、彼の前ではそれも意味のない抵抗だ。

わたしは彼にすべてを動かされている……。

これでは対等なのかどうか分からない。けれども、彼のほうもエリーゼの反応に気持ちが動かされているようだ。

「ほら、ちゃんとしてやるから」

彼はエリーゼのガウンと夜着を取り去った。彼もまた裸になり、再び身体を合わせる。

ああ……！

エリーゼは肌の触れ合いが嬉しくて、手足を絡みつかせてしまった。

わたし、好き。クラウスが好き。

どうしようもなく好きでたまらない。

その表現が手足を絡みつかせることなのだ。

「積極的だな。でも……それでいいんだ」

彼は低い声で囁くと、腰を動かし、下半身を擦りつけてくる。彼の欲望の証が勃《た》ち上がっているのがはっきり分かる。それが両脚の間に入ってきて、内腿を擦っていた。

それさえも気持ちがいい。エリーゼは目を閉じ、自分も腰を揺すった。

「待て、待て！」

彼は慌てたように腰を引く。

「まだ早い。おまえをたっぷり気持ちよくさせなきゃな」

掠れた声でそう言うと、彼は両方の乳房を揉み、乳首を嬲《なぶ》っていく。そうして、どちらにもキスをして、舌で舐めた。

「やっ……ぁぁっ……」

彼は声を抑えなくてもいいと言った。叫ばなければいい、と。

やはりどうしても声が出てしまう。じっとしていられなくて、身体を左右に揺らす。気持ちよすぎて苦しいのだ。

愛撫されている部分だけでなく、下腹部の内側から炎が広がっていく感じがした。全身が熱くなる。もう何も考えられなくなってきて……。

しかし、彼はふと愛撫をやめて、顔を上げた。

そんな……。

中途半端でやめてほしくないと思ったのに、彼は何を思ったのか、傍らに寝転がった。

どうして？

エリーゼの疑問に、彼はすぐに答えてくれた。

「俺の上に乗れ」

「えっ、えっ？」

彼が何を言いたいのか、すぐに分かった。この世界のお姫様ならきっとわけが分からなかっただろうが、エリーゼの前世は現代日本人だ。だいたい想像はつく。

「で、できない……」

「できるに決まっているだろう」

彼は不機嫌そうに言うと、エリーゼの手を引っ張った。結局、彼は自分のしたいようにしたい人なのだ。抗《あらが》ったところで無駄だ。彼の指示通りにするしかない。

諦めて、彼のお腹の上を跨《また》いだ。当然、両脚は大きく広げなくてはならなかった。恥ずかしくて、頬が燃えるように熱い。

「これで……いい？」

結婚したとはいえ、こちらの経験レベルは低い。跨ぐ以上のことを求めないでほしかった。

「キスしてくれ」

それくらいならさっきもやったことだ。ただ態勢がさっきと違うから、ドキドキしながら、彼のほうに身体を傾ける。

熱い素肌が彼に触れるだけで、胸がときめいた。静かに唇を重ねると、今度は自分から舌を差し込んでみた。

こんなの初めて……。

鼓動が速くなったのが、彼に気づかれただろうか。けれども、このドキドキを隠すことはできない。

ゆっくりと彼の口の中で舌を回していく。すると、彼もエリーゼのキスに応えてくれた。彼がしてくれる情熱的なキスの真似はできないが、それでも彼は満足してくれた気がする。

しばらくして唇を離すと、彼はニヤリと笑った。

「俺のどこにでもキスをしていいぞ」

ということは、唇以外のどこでもいいからキスをしろということなのだろう。文句を言ったところで、彼はきっと受け入れないだろう。黙って、彼の喉ぼとけに唇をつけてみた。

今更ながら、自分の肌とは違う感触がある。思わず首や肩、腕へと掌を滑らせていった。肌の下に硬い筋肉がついていて、今まで以上に彼にたくましさを感じた。

もちろんクラウスは華奢《きゃしゃ》なんかではない。長身で筋肉質な体形だということは分かっていたが、触れてみたほうが実感できるのだ。

何もかも……わたしの身体とは違う。

いつの間にか夢中になって、彼の肉体を撫《な》で回していて、撫でた後に唇を滑らせた。掌と唇で二度、肌の感触を味わってみる。

こんなことをしてしまうのも、彼のことが好きだから。

好きだから触れたいし、キスもしたい。もちろん抱き合うのも好きだからだ。

最初に抱かれたときには気づかなかった。結婚が決まったとき、初夜では歯を食いしばって耐えなければいけないと思っていたが、実際には全然違う。

でも、それは相手がクラウスだから……。

好きな人に抱かれるときに、我慢なんて必要ないのだ。

エリーゼは広くて硬い胸板に頬ずりをしてみた。

ああ、なんて心地いいの……。

うっとりしていたのも束の間《つかま》、彼に背中をすっと撫でられて、ビクンと身体を揺らした。

「な、何っ？」

「いや、おまえの背中を擦ってみただけだ」

「それは分かっているけど……あぁっ！」

もう一度、背筋に沿ってすっと撫《な》で下ろされて、身体を震わせる。電流のように快感の波が走っていって、エリーゼは我慢できなかった。

「や……やだ……！」

といっても、彼が止めてくれるわけもない。だいたい本気で嫌だというわけでもないのだ。けれども、彼に笑われて、思わず彼の手から逃れようと後ろに下がった。

「あ……えっ」

エリーゼの手が彼の股間に触れてしまい、驚いた。そんなつもりはなかったのに、後ろに下がった結果、彼の下腹部が目の前にあった。

「あの……ごめんなさい」

彼は静かに笑う。

「謝ることはない。触れてみてくれ」

無論、それは触れてみろという命令だ。エリーゼはおずおずとその部分に触れてみた。指先で撫でてみると、より硬くなった気がする。

頬がカッと熱くなり、きっと顔は真っ赤になっているのではないだろうか。

恥ずかしい。でも、彼が愛撫してくれたように、自分もお返しをしてみたい。きっと彼は嫌がったりしないだろうから。

そっと手に取り、両手で包んでみる。これが自分の中に入っていたかと思うと、信じられない気もしてくる。

これも彼の一部で……恐らく一番感じるところなのだろう。

急に手の中のものが愛おしく感じられて、思わず先端にキスをしてみる。すると、彼の小さな呻き声が聞こえた。

「ダ、ダメだった？」

「いや、ダメじゃない。続けてくれ」

再びおずおずとキスをして、唇を這わせていく。彼の腰が揺れて、きっと気持ちがいいのだろう。

わたしが彼に影響を与えられるなんて……。

自分にそんな力があるとは信じられない。だけど、実際に彼は反応を示している。

エリーゼは気をよくして、愛撫を続けた。ついには舌で舐めてみる。彼だってエリーゼの秘部をこんなふうに舐めて愛撫してくれたからだ。

ふと気づくと、彼を愛撫しながら、自分自身も何故だか感じていた。興奮しているのだろうか。今は何もされていないのに、秘部が潤んでいて、内部まで蕩けてきそうだった。

「もう……いい」

彼が終了の合図を送る。声が掠れていて、とても色っぽかった。エリーゼが顔を上げると、彼は身体を起こしていた。

「恥ずかしがっていたくせに、おまえがここまでしてくれるとは思わなかった」

「だって……わたしもしてもらったから……いろいろ」

「ああ。いろいろ……な。じゃあ、俺もお返しをしてやらなきゃ」

彼はエリーゼを太腿の上に乗せたまま、身体を引き寄せた。さっきまで膝をついていたが、急に強く引き寄せられたため、中腰になってしまう。バランスを取るために、エリーゼは彼の首にしがみつくような格好になった。

乳房が硬い胸に押しつけられて、彼の心臓の音が感じられる。体温と鼓動が共有できて、うっとりしそうになった。

が、彼はエリーゼのお尻を撫でたかと思うと、後ろから秘部に触れてきた。

「やっ……ぁっ……ぁんっ……」

指が秘裂をなぞると、湿った音が聞こえる。

「こんなに濡れているのか……」

「そんな……こと」

「ごまかすな。興奮しているんだろ。ほら……こんなに蜜が溢《あふ》れてきてる」

彼の言うとおり、蜜は次から次へととめどなく分泌されているようだった。彼への愛撫で興奮していたのだから、直に触れられれば、そこが潤むのも当たり前だった。

だって、わたしが好きなのは彼なんだもの……。

好きな彼に愛撫されているせいで、こんなにも興奮して感じてしまう。

彼は指を内部に滑り込ませてきた。

「はぁ……あっ……ぁん……んんっ」

指が行ったり来たりを繰り返していて、それによって内壁が擦られていく。内部にとても感じるところがあって、そこが擦られると、エリーゼは彼にしがみつきながら嬌声《きょうせい》を上げるしかなかった。

感じる……なんて生易しい表現では足りない。身体が震え、叫び出しそうになる。さすがにこれ以上の声は抑えたものの、どうしようもなくて、彼の腕の中でただ悶《もだ》えていた。

指の数が増えている。すごく感じる。でも……まだ足りない。

身体の奥の奥に、彼を感じたい。刺激が欲しい。もっと感じさせてほしい。

頭の中はぐるぐるとそればかりが回っている。

「も……もうっ……」

やめてほしいのか、もっとしてほしいのか、自分でも分からない。しかし、彼は指を引き抜き、エリーゼの背中を支えながら身体を横たえた。

両脚だけは彼の膝の上に左右に開かれたままで、濡れた秘部を晒したままだった。彼はエリーゼの両脚を掴むと、秘裂の中に猛ったものを突き立てる。

「あぁっ……」

衝撃を想像したけれど、痛くなんてなかった。それどころか、痒《かゆ》いところに手が届いたような安堵感がある。

彼の大事なものがエリーゼの内部にぴたりとはまっている。まるで最初から二人がこうなるとが決まっていたかのようだった。

ずっと刺激がほしかった最奥にも、ちゃんと当たっていて……。

「さあ……もっと感じさせてやる」

彼はエリーゼの腰を掴み、動いていった。押しては引き、引いては押し……その繰り返しで、何度も最奥を突かれた。

それに伴い、気絶しそうなくらいの鋭い快感が身体中に広がっていく。お腹の奥が甘く疼いた。そして、全身が熱くてたまらなくて……。

彼は覆いかぶさり、エリーゼを抱き締めてきた。エリーゼは彼をもっと感じたくて、両脚を絡める。

そして……二人同時に快感の頂に昇りつめた。

「あぁあっ……あぁん！」

エリーゼはぐったりしながらも、彼の腰に絡めた両脚を緩められなかった。この激しい鼓動が収まるまでは、じっと抱き合っていたかったのだ。

好きなの……。

これが愛と呼ばれるものなのかどうかは、はっきりとしない。だけど、離れられないくらい好きなのは間違いなかった。

これが二度目の初夜……。夫婦となった初めての夜。

この時間さえも愛おしかった。

もちろんクラウスのほうはそうではないかもしれない。彼は今も政略結婚の相手くらいにしか思っていない可能性はあった。

たとえそうだとしても、エリーゼは縁があって夫となったクラウスを大事にしたかった。

『愛することはない』とは言われたけれど、夫婦として穏やかな感情を共有していけたらいい。多くは望まないから……。

激しい鼓動が収まってから、彼は顔を上げる。そして、エリーゼの鼻の頭を軽く噛んだ。

「な、何するの……！」

「可愛い奴だからだ」

彼は笑いながら、身体を離す。温もりが逃げていって、淋しさを感じた。が、それを表情に出すのは愚かというものだ。

「今日は汗をかいたから、湯浴みでもするか。少し待ってろ」

彼はベッドから下りて、浴室へ向かう。そして、少しすると、こちらに戻ってきた。

「どうしたの……キャッ！」

急に彼に抱き上げられて驚く。裸のままだから、どうしていいか分からず、落とされないように彼にしがみついた。

浴室の浴槽には、湯が入っていた。この間みたいに魔法で湯を入れたのだろう。

彼はエリーゼを抱いたまま浴槽に入り、身を沈める。湯はちょうどギリギリの高さになり、エリーゼは改めて彼の顔を見る。

「どうだ。俺みたいなのがいると便利だろう」

確かにそうだけれど、自慢げに言われると、少しおかしくなってくる。思わずクスッと笑うと、彼もまた笑った。

なんだかほんわかした雰囲気と温かい湯のおかげで、眠たくなってきてしまう。

毎日、こんなふうに過ごせたらいいんだけど……。

無理だと思いながらも、二人が仲良くしていけたら、間に生まれる子供もきっと幸せに育つのではないだろうか。

両親はエリーゼに無関心だったけれど、自分はそうはならない。思いっきり愛してあげよう。

彼もきっと同じように子供は愛してくれるのではないだろうか。

ただ世継ぎを産むだけでなく、温かく幸せな家庭を築く。

そして、それが自分達二人の幸せにも繋がるのだと思っていた。

「エリーゼ……」

彼は静かに声をかけてくる。エリーゼは眠たくなった目で彼を見つめた。

優しいキスを唇に受けて、そのまままた目を閉じる。

彼の鼓動に包まれながら。

第四章　王妃の務《つと》め

結婚してからというもの、公式の場に出なくてはならないことが増えた。

式の翌日に行われた謁見、舞踏会や女性だけのパーティーへの出席、騎士団への挨拶、慰問、行事など、毎日忙しい。

王妃なのだから当たり前かもしれないけれど、エリーゼは王妃らしくすることに緊張していたから大変だった。

自然に王妃らしく振る舞えるようになるのはいつのことなのか……。

もしかして一生無理かもしれない。

そんなエリーゼだったが、さすがに一ヵ月も経てば、ずいぶん慣れてきた気がする。今の自分は少なくとも壁の花ではなかった。王妃だから華々しいドレスで登場して、多くの人からの注目を浴びている。会話もなんとかこなせるようになってきた。

そして、夜は……。

ほとんどの夜はクラウスが訪ねてきていた。しかし、毎日があまりに多忙で慌ただしくて、気がつけばクラウスとは夜以外、顔を合わせていない状況だった。寝室では明かりも薄暗いから、顔がはっきり見えない。明るい空の下で、彼と会いたかった。そして、話がしたい。

なかなかその機会に恵まれることはなさそうだけど、それも仕方ない。エリーゼは普通の結婚をしたわけではないのだ。そもそも仲良くしたいなんて考えること自体が間違っているのかもしれない。

それにしても、もう少し……。

いや、もう考えるのはよそう。いくら会いたいと思ったところで、クラウスがそう思わなければ実現しない。すべて彼の意志次第で、エリーゼが何を考えても関係がなかった。

今日は朝からエリーゼは書斎で書類を読んでいた。

すべて王妃宛ての陳情書だ。送ってくるのは主に貴族や上流階級の女性ばかりで、深刻なことからくだらないことまであった。貴族間や家庭内のトラブル、遺産や財産などについての問題もある。この世界にも弁護士はいるので、そちらに相談したほうがいいのではないかと思うことも多かったが、王室の権威で介入してほしいという要望のようだった。

むやみやたらと介入はできないし、王妃なりたてのほやほやの自分が下手に介入したら、余計に話がこじれそうだった。だから、メモをつけて必要な部署に回したり、クラウスに託すこともあったし、自分で相手に手紙を書くこともあった。

こういった書類も、今までは王室秘書が処理していたようだが、クラウスが結婚した途端、王妃宛てに送られてくるようになったらしい。

しばらく書斎で仕事をしていたが、気がつけばもう午後だ。そろそろ次の予定の準備をしなくてはいけない。エリーゼは書斎を出て、ドレスを着替えることにした。

これから王太后主催のお茶会がある。あまり気乗りはしないが、招待されたのに断るわけにはいかない。

エリーゼは溜息をつきたくなるのを抑えて、侍女をお供に庭園へ向かった。今日のお茶会は庭園の奥にある薔薇園で開かれるそうなのだ。薔薇園は噴水があり、エリーゼも何度か行ったことがあった。

庭はよく散歩していて、噴水を眺めながらベンチに腰かけてぼうっとするのが、エリーゼの一番好きなことだ。というより、今はそれが唯一の楽しみかもしれない。

薔薇園に近づくと、女性達の気取った話し声が聞こえてきた。庭木の陰からそちら側に回ると、着飾った十人近くの女性達が長いテーブルにつき、おしゃべりを始めている。それを見て、エリーゼは急に緊張してきてしまう。

でも……わたしは王妃だから。

クラウスに何度も言われたことを思い出す。まっすぐ前を向いて、視線を逸らさずに話すのだ。

エリーゼは無理に笑顔を作って、テーブルに近づいた。すると、みんなの目が一斉にこちらを向いた。

「皆様、もうお集まりでしたのね」

テーブルの席を見ると、どうもエリーゼ一人だけが遅刻したみたいにポッンと空いていた。

しかも、みんなはもうお茶を飲んでいる。お茶会はすでに始まっていたのだ。

けれども、伝えられた時間にはまだ早いはずだ。自分が遅れたわけではないのだが、居心地悪い思いをした。

貴族の女性達は立ち上がり、エリーゼに挨拶をしてくれる。

「王妃様、どうぞこちらへ」

彼女達も一応笑顔だが、どこか素っ気ない。しかし、エリーゼを嫌っている王太后の取り巻きなのだから仕方ないのだろう。

でも、好きになってもらえなくても、馬鹿にされないような態度を取らなくては。

「王太后様、本日はお茶会に招待していただいて、ありがとうございます」

エリーゼは長いテーブルの一番奥に座る王太后に挨拶をした。すると、彼女は笑顔で挨拶を返しながらも、嫌味たっぷりにこう言った。

「王妃様はお忙しいから、わたくし達のような暇な者達の集まりには、いらっしゃらないかと思ったわ」

一人だけ遅れてきたことを言っているのだろう。なんとなく、彼女がエリーゼだけわざと遅い時間を伝えた気がしてくる。つまり嫌がらせだ。

「あの……お茶会はちょうど午後二時からだと招待状に書いてありましたが……もしかしたら間違っていたでしょうか」

「あらまあ。何か手違いがあったのかしらねえ。ごめんなさいね、王妃様」

彼女は『王妃様』というところだけ、変なアクセントをつけて言った。

彼女もかつては『王妃様』だったわけだから、そこが気に入らないポイントなのだろう。

王太后と王妃、どちらの立場が上かというと、対外的には王妃なのだ。国王の妃であり、公の場に立たなくてはならない。王太后はいくら若くても、やはり引退したようなものだ。

しかし、自分には姑《しゅうとめ》にあたるのだから、強くは出られない。クラウスなら平気で言いたいことを言うだろうが、エリーゼには無理だ。なんとなく笑ってごまかしてしまいそうになる。

ああ、でも……これはよくないことだ。こんな曖昧な態度を取っていては、他の貴族の夫人達にも侮られることになる。

エリーゼは視線を王太后にしっかりと向けて、なんとか微笑んだ。

「いいえ、とんでもない。でも、こういった手違いがよくあるなら、わたしも招待状を送るときには気をつけなくてはなりませんね」

王太后の視線が険悪な感じになったが、エリーゼはなんとか無視してテーブルの端の席に着いた。王太后とは長いテーブル越しに向かい合わせになる席だ。

すると、後ろに控えていたメイドがカップにお茶を淹《い》れてくれた。この世界のお茶は紅茶だが、前世の紅茶より香りが少し強い。

エリーゼは習った作法どおり、香りを楽しんでからカップに口をつける。そして、一口飲んだ後、カップをソーサーに置いて、王太后の取り巻きを見渡した。

「オレンジのような香りの爽やかなお茶ですね」

というふうに、感想を述べることが作法なのだそうだ。なんとか上手くできてほっとする。だけど、やたらと自分にだけ視線が集まっていて、本当に居心地が悪すぎる。エリーゼが何か無作法な真似をしないかどうか、見張っているのだろう。

そして、わたしを笑い者にしたいのよ。

分かってはいるが、ここで笑い者に甘んじたら、ここがミレート王宮と同じになってしまう。

エリーゼは息を吸い込んでから、彼女達に話しかけた。

「皆様、王太后様と親しくなさっている方々ですね。お名前を覚えておきたいから教えていただけますか？」

もちろん彼女達よりエリーゼの立場のほうが上だ。けれども、彼女達は間違いなく自分よりはるかに年上で四十代くらいだ。なので、丁寧な言葉づかいで尋ねた。

王太后の横に座っている女性が恐らく一番の取り巻きなのだろう。彼女は少しもったいぶった雰囲気で、自己紹介を始めた。ミュラン侯爵夫人なのだそうだ。その夫となるミュラン侯爵とは結婚式の翌日には謁見室で会ったが、夫人とは初対面だ。

あ……もしかして、これが社交というものかしら。

王国は国王を中心にして動いていて、その下に貴族がいる。実際には官僚が国王の意志の下で政治をしているのだが、官僚はほぼ貴族だという。だからこそ、国王は貴族と交流を持つのだ。顔や名前どころか家族のことや領地の特産品まで覚える必要がある。相手が有力貴族ならなおさらだ。

あの傍若無人《ぼうじゃくぶじん》な振る舞いをするクラウスでさえそうなのだ。どんなに貴族がクラウスのことを恐れていたとしても、それだけでは統治はむずかしい。アメとムチではないが、社交活動によって得られるものはたくさんあるのだろう。

そして、王妃の務めは、こうした貴族夫人をはじめとした家族と仲良くすることではないだろうか。重大な決定も、夫人の口添えで貴族の心を動かすことができるかもしれないのだ。

今までお妃教育として、たくさんの貴族の名前を覚えさせられた。作法も会話術も学んだけれど、そもそも今まで社交の意義が分かっていなかった。

意義を分かって貴族夫人と交流するのと、分からないでただ会話をこなすのとではまるで違う。だから、このお茶会に招かれてよかった。王太后の意図は違うところにあっただろうが、自分にとっては必要なことだった。

エリーゼはミュラン侯爵夫人ににっこり笑いかけた。すると、彼女のほうか戸惑った様子を見せる。

予定では自分を委縮させるはずだったと思う。王太后と打ち合わせもしていたはずだ。しかし、エリーゼが期待通りの反応を見せないせいで、彼女の笑顔は引きつっていた。

「ミュラン侯爵様とは一度お会いしたことがあります。そのときに、ご子息が王宮の騎士団に入団されたと聞きました」

「……は、はい。名誉ある近衛騎士団に配属になりまして……」

「まあ、おめでとうございます。優秀なご子息なのですね」

「王妃様からお褒めのお言葉をちょうだいいたしまして、息子も喜びます」

彼女は引きつりながらも笑顔をつくった。王太后の味方をしなくてはならないのに、息子のことを持ち出されては、エリーゼを馬鹿にすることはできないのだろう。

そうして、一人一人、自己紹介が続いていった。

みんな、王太后と同じように上品で気取っているが、さすがにミュラン侯爵夫人とのやり取りを見てからは、露骨に攻撃的な態度をとることは誰もしなかった。

最後にエリーゼの隣に座っている女性が話し出す。彼女は他の女性達とは違っていた。

年齢もエリーゼと近いし、どこかかつての自分と似ているような……。

誰かの付き合いで来ているのか、うつむき加減で自分のことを話した。

「わたしはエイディーン伯爵の娘です。レイアと言います。王妃様、お会いできて光栄です」

光栄と言われたのは、このお茶会では初めてだ。エイディーン伯爵夫人はレイアの隣に座っている。彼女は母親に連れてこられたのだろう。あわよくば、娘を王太后の侍女に……みたいな下心があるのだろうか。雑用を任されるメイドとは違い、王族の侍女ともなれば箔《はく》がつき、いい嫁ぎ先が得られるのだろう。

エリーゼがうつむかずに、作法どおりに振る舞っているせいか、次第にお茶会は和やかな雰囲気になってくる。

よかった……。そんなに嫌な人達でもなかったみたい。

王太后の取り巻きというだけで偏見を持ってしまっていたようだ。

エリーゼが気を緩めたそのとき、王太后が口を開いた。

「そういえば……王妃様はミレート王国の王族ですから、当然、魔法を使えるのでしょう」

みんなの視線が集まり、エリーゼは一瞬、言葉が出てこなかった。エリーゼが大した魔法も使えない王族だという噂は、ここでも流れていたのかもしれない。

そのことを指摘されると想定しておくべきだったのに……。

エリーゼはなんとか余裕ぶって頷いた。

「でも、大した魔法ではないのですよ」

謙遜しているみたいに聞こえるが、これは事実だ。

すると、王太后の隣にいた夫人がわざとはしゃいだように手を打った。

「よろしかったら、王妃様の魔法、わたくしどもに見せていただけませんか？」

もしかして、王太后はエリーゼを晒《さら》し者にするべく、作戦を練っていたのだろうか。みんなが同じように、エリーゼに魔法を使うよう促す。

「ねえ、レイア。あなたも王妃様の魔法を見たいでしょう？　ミレート王国の王族は確か炎系の魔法が得意と聞きましたわ！」

エイディーン伯爵夫人がレイアを扇でつついて、同じことを言えと強要している。レイアはうつむきながら口を開く。

「お、王妃様の魔法も炎系なのですか？」

もうとにかく、ここで披露しなくては治まらないようだ。エリーゼは仕方なく立ち上がった。そして、薔薇園を見回し、萎れかけた赤い花を見つけて、それに手を翳《かざ》す。

「本当に大した魔法ではないですけど……。この萎れかけた花が……」

色が黒ずみ、花弁が落ちそうになっている薔薇が、息を吹き返したみたいに鮮やかな色を取り戻した。

「まあ……すごい」

レイアがそう呟いたために、馬鹿にしてやろうと口を開いた彼女達はタイミングを失った。

「で、でも、想像していた魔法と違っていたような……」

「そうですわね。その……もっと派手なものかと……」

「王族といっても、いろいろと……ねえ」

慌てて悪口を言ったものの、レイアだけは計画を知らなかったらしく、感じたままを口にしていた。

「やっぱりすごいです……。王妃様は普通の人間にはできないことが、特別にできるのですね」

エリーゼはそんなふうに手放しで褒められたことがなかったので、驚いてしまった。彼女は感動したみたいな様子だったが、こちらのほうが感動してしまう。

気取った人達の中にも、こんな純粋なお嬢さんがいたなんて……。

エリーゼはすっかり嬉しくなっていた。

そのとき、レイアはふと何かに気づいたのか、目を大きく見開いた。

「皆様、あちらをご覧になってください！　さっき見たときは蕾《つぼみ》ばかりだったのに、今はあんなに……」

噴水を取り囲むように花壇があり、そこに花が咲き乱れていた。そういえば、さっき見たときはその辺りの花は蕾ばかりだった。それが一斉に咲いたのだ。

もしかして、わたしの魔法で……？

今までこんな経験はなかった。自分の能力はたかが花一輪を生き返らせることだけだったから、いつも馬鹿にされていたのだ。

だけど……この国に来てから、何か違う気がする。

魔法は超能力とは違う。空気中にある魔法の成分である『マナ』を身体に取り込んで、エネルギーに変換させて放出するものだ。つまり、王族はマナを変換させる能力に長《た》けているということになる。そして、そのマナは場所によって性質が少しずつ違う。

もしかしたら、わたしはミレートのマナよりヴァルトのマナと相性がいい……のかも。

だから、同じだけの力を使ったもつもりで、他の花にまで影響していたのかもしれない。マナを研究しているわけでもないから、ただの想像だが。

貴婦人達は花壇の花を見て、驚いて言葉も出ない様子だ。褒めたいけれど、褒められない。そんな表情で王太后を窺《うかが》っている。

王太后は自分の計画が台無しになったことで、すっかり不機嫌そうにしていた。眉は上がり、目つきは鋭く、唇はキッと引き結ばれている。

「魔法というより手品みたいに見えるわね。花が咲いたからって、なんの得にもならないし」

気分がよくなったエリーゼはそれを聞いて笑った。エリーゼ自身、魔法で花を咲かせても意味はないと思っていたからだ。

「そうですね。手品みたいですね」

とはいえ、魔法を使ってみせて、こんなにいい気持ちになったのは初めてだった。いつだって馬鹿にされてばかりだったのに。

この国にはわたしを認めてくれる人がいる。

ううん。きっとミレート王国にもいたはずよ。

ミレートではよく神聖教会へ慰問に行っていたが、そこで出会う人達はエリーゼを馬鹿にすることはなかった。みんないい人達ばかりだったのだ。

病気や怪我《けが》がひどい人に幸せを祈り、孤児院にいる子供達と遊べば、みんな優しい言葉をかけてくれた。子供達に魔法を見せると、みんながすごいと言ってくれたし、笑顔になった。あのときの純粋な子供達の目と、レイアのキラキラ光る瞳がかぶって見える。

エリーゼは味方ができた気分で嬉しかったが、横に座るエイディーン伯爵夫人はかなり苛立《いらだ》っていた。帰ってから、レイアが叱られなければいいがと心配してしまう。

お茶会はそんな微妙な雰囲気の中で終わった。エリーゼは彼女達に別れを告げて、ずっと控えていた侍女を連れて王宮へ戻っていく。来たときとは日の高さが違い、光が柔らかになってきている。庭園の花々も前より少し違うように見えた。

風が吹いて、庭木が揺れる音がする。エリーゼはさっきからずっと気分がよかった。

それに、少しだけどなんだか自信がついてきたわ……。

こんなわたしでも、憧れの眼差しで見てくれる人もいる。だから、もっと頑張れば、クラウスの隣にいてもおかしくない存在になれるかもしれない。

もう、わたしはみそっかす王女でも、壁の花姫でもないから。

そのとき、どこからか子供の泣き声が聞こえてきて、はっと立ち止まる。この庭園に子供がいるのだろうか。

「ねえ、子供の声よね？」

振り返って、後ろからついてくる侍女に尋ねた。侍女は困ったような顔をする。

「はい……。あの、どうかお気になさらずにお戻りください」

「えっ、気になるものでしょう？」

侍女から止められそうになったが、逆にどうして止められるのか知りたくて、子供の泣き声がするほうへ急いだ。

すぐに、地面にうずくまって泣いている女の子を発見する。五、六歳くらいだろうか。リカルドよりは小さい。レースの飾りやリボンがついたピンク色のドレスで、貴族の子供のようだ。どこの子だろう。お茶会に来ていた夫人が連れてきたのだろうか。

エリーゼは駆け寄り、その子の傍に跪いた。

「どこを怪我したの？」

その子は涙を溜めた大きな目でこちらを見た。

「転んだの……」

彼女が指差した先は膝小僧で、擦りむいて血が出ている。

「まあ、可哀想。痛かったわね」

ポケットから白いハンカチを出して、膝にそっと当てた。子供はまた泣きそうになっている。傷口を洗ったほうがいいが、その前に応急措置として怪我した部分にハンカチを巻いた。

「大丈夫よ。もう痛くないわよ」

そう声をかけると、彼女はしゃくり上げながら泣きやもうとしていた。その健気な姿が可愛くて、エリーゼは優しく抱き締める。

そして、侍女から新しいハンカチをもらうと、涙を拭いてやった。

「お名前は？　お姉さんに教えて」

「……ヘルマ」

さすがにヘルマだけではどこの誰だか分からない。家名はみだりに口にしない躾を受けているのだろうか。

「ここには誰と来たの？　お母さん？」

ヘルマは首を横に振る。

「じゃあ……」

重ねて尋ねようとすると、侍女が見かねたように口を挟んだ。

「王妃様、こちらのお子様は国王陛下の妹君です」

「えっ……そうなの？」

そういえば、クラウスの弟妹はたくさんいるという話だった。もちろん母親は違う。王太后の息子はリカルドだけだから、ヘルマは先王の側妃の娘だ。一応、彼女も公式には王女ということになる。

夫のたくさんいる弟妹のうち、一人しか知らなかったことに、今更ながらショックを受ける。王子や王女だというのに、今まで会ったこともなければ、紹介されることもなかった。

確か側妃の子供って……。

エリーゼは噂を思い出した。クラウスが即位してから、先王の側妃を子供から引き離して粛清した、と。

でも……今は彼がそんなことをする人だとは思えない……。

厳しい面があるのは知っているが、意味もなく非道なことはしないと思う。もし粛清したなら、それだけの理由があったはずだ。

ヘルマは新たに出てくる涙を手で拭いて、エリーゼに目を向けてきた。

「あのね……遊んでいたらマリオもアンネもいなくなっちゃった。怖かったから帰ろうとしたけど、迷子になって転んだの……」

「そうなの。帰り道が分からないの?」

彼女はコクン頷く。マリオとアンネも王子と王女なのだろう。彼らとはぐれただけか、それとも彼らも迷子になっているのか。とにかく責任をもって送らなくては。

エリーゼはヘルマがどこに帰るべきなのか知らないので、侍女のほうを見た。彼女はなんだか困った顔をしている。

「王子様や王女様は白亜宮というところでお暮らしになっています。よろしければ、少し歩けば衛兵がいますのでお預けになっては？」

白亜宮は名前だけ聞いたことがある。この王宮の敷地内に離れて建っている宮殿のことだ。

「それでは……無責任だから。白亜宮まで送るから、案内して」

侍女は仕方なさそうに笑った。

「そうおっしゃると思いました。王妃様を白亜宮に近づけないようにと言われていましたが、この場合はしょうがないですね」

「わたしが白亜宮に近づかないようにって、どういう意味なのかし？」

王子や王女がたくさんいるということはすでに知っているのに、隠す意味はないだろう。

「改めて陛下からご紹介するおつもりだったのではないでしょうか」

侍女はそう言ったが、エリーゼは納得できなかった。

別に隠さなくてもいいのに。

そう思いながら、エリーゼは侍女に案内されて、ヘルマと手を繋ぎながら白亜宮へ向かった。

白亜宮に近づくと、樹木が多くなる。このせいで方角が分からなくなり、迷子になったのかもしれない。

やがて樹木の向こうから、ヘルマの名を呼ぶ声が聞こえてきた。

複数の女性や子供の声で、どうやら迷子になったヘルマを捜しているようだった。今までしょぼんと肩を落としていたヘルマは急に元気になる。

「ここよ！　みんな！」

彼の声が届いたみたいで、四人の子供達が生い茂った樹木をすり抜けて駆けてきた。

「ヘルマ！　よかった！」

「マリオもアンナも帰ってたのね！」

ヘルマは子供達のところへ走り寄り、みんなで喜び合っている。

迷子になっていたのはヘルマだけで、他の子供達はちゃんと帰り着いていたのだ。彼らが帰っていなかったら、改めて捜索しなければと思っていたからほっとした。

子供達の後から女性二人が小道を走ってくる。一人は若く、一人は中年だ。

「もう、ヘルマ様ったら！　お庭の外では遊んではいけませんと……」

小言を言おうとして、彼女達はエリーゼと侍女に気がつき、大慌てで頭を下げた。

「申し訳ありません！　王女様から目を離すつもりはなかったのです。いつの間にか抜け出されていたみたいで……」

「あの、王宮の方、ですよね？　もしかして、白亜宮を視察に来られたのですか？」

　エリーゼが答えようとしたとき、侍女がさっと前に出た。

「王妃様ですよ。たまたま散歩をなさっていたら、ヘルマ様が転んで泣いておられたので、心配なさって送ってこられたのです」

　二人の女性はさっきより深く頭を下げた。

「王妃様！　失礼しました！」

　続けて、中年の女性のほうが状況を説明する。

「わたくし共は白亜宮で王子様王女様のお世話をさせていただいております。乳母と世話係でございます。わたくし共がいたらないばかりに、ヘルマ王女様にお怪我させてしまいまして……申し訳ありません！」

　彼女達は王妃という立場に頭を下げているのだろうか。それとも、クラウスの継弟を迷子にさせ、怪我させてしまったことに対しての謝罪なのか、もしくはわざわざ王妃に足を運ばせたことに対しての謝罪か……。

　いや、きっとその全部だろう。

　エリーゼはにっこり笑った。

「いいのよ。それより、わたしは義理とはいえ、弟妹がこんなにいることも知らずにいたので、自分が恥ずかしいわ。よかったら、白亜宮を案内してもらえませんか？」

　視察というつもりはないが、ついでにこの子供達が暮らしている白亜宮がどんなところか見ておきたい。

　子供達の身なりもいいし、身だしなみもできている。健康にも問題なさそうだ。だから、虐待のようなことはないと思うが、まるで隠すみたいにここで育てられているから気になった。

「もちろんです！　ご案内いたします！」

　女性達は子供達を集めると、エリーゼに挨拶をさせた。子供達はエリーゼが王妃だと知り驚いていたが、躾や教育はちゃんとされているようだ。それぞれ挨拶をしてくる。

　その愛らしさに、エリーゼは思わず笑みが零《こぼ》れた。

「王妃様なんて堅苦しいわ。わたしはみんなの一番上のお兄様と結婚したのよ。だから、みんなのお姉さんってところかしら」

　それを聞いた途端、子供達の目が輝いた。

「クラウス兄様と結婚したの？」

「大きいお姉様だ！」

　彼らはクラウスと面識があるらしい。そして、どうやら彼は子供達に好かれているようだった。つまり、彼は子供達によく会いにきているということだ。

　なんだか分からないけど嬉しくなってくる。子供達の母親を引き離して粛清したという噂があったが、やはりそれはデタラメなのだ。

　そうでなければ、自分がクラウスの結婚相手というだけで、子供達がこんなに喜ぶはずがないだろう。

それにしても、大きいお姉様だなんて……。

エリーゼは子供のときから小柄だったから『大きい』という形容詞をつけられたことがなかった。なので、妙にくすぐったく感じている。

「さあ、皆様、帰りますよ。お行儀よくして、王妃様に喜んでいただきましょう」

それぞれ元気よく返事をしながら、五人の子供達は手を繋ぐ。どうやら外ではこんなふうに手を繋がせて、勝手にどこかへ行かないようにしているようだ。これだけ気をつけているのだから、普段ならヘルマが迷子にはならないはずだったのだ。

でも、小さな子供は突拍子もないことをするものだから仕方ないわね。

ほどなくして、エリーゼは彼らの案内で白亜宮に着いた。

白亜宮はその名のとおり白く輝く美しい宮殿だった。もしかしたら、かつて側妃が暮らしていた宮殿だったかもしれない。子供達のために用意したもののようには思えなかったからだ。

それでも中に入れば、少し趣が変わる。明るく清潔感のある内装で、子供が元気に育つのにぴったりだった。

ヘルマは膝の治療を受けるために別室に連れていかれた。その間に、もう一人の女性が白亜宮の中を案内してくれる。その後ろを侍女と子供達がついてきていた。

かなり広い宮殿で、使っていない部屋もあるようだ。使っている部屋はどこも掃除が行き届いていて、やはり清潔感がある。子供達はなんだか楽しそうで、ここで幸せに暮らしていることが窺えた。暗い顔をしている子供なんていないのだ。

そのうちに、子供達の中に治療を終えたヘルマが加わった。膝に絆創膏《ばんそうこう》を貼っている。

「もう痛くない？」

「うん。痛くない！」

ヘルマはさっきと同じように、エリーゼの手を握る。小さく可愛らしい手に、心が和んで、笑みを浮かべた。

「こちらが遊戯室です」

そこはとても広くて、おもちゃや木馬などの遊具があった。別の女性が三歳くらいの男の子と女の子をそこで遊ばせている。年齢が上の活発な子供達とは遊び方が違うから、一緒に遊べなかったのだろう。

「子供達は全部で七人？」

「九人です。あと二人は十一歳と十歳の王女様で、今は歴史の授業を受けていらっしゃいます」

こんな離れたところにある宮殿だが、きちんと予算が組まれて、王子や王女が身分にふさわしい待遇を受けているようだ。同じ王宮で暮らしながらもひどい目に遭っていたエリーゼより、親がいなくても彼らはずっとマシな暮らしをしている。

彼らの母親はどんな人達だったのか……。

気になるが、まさか子供達の前でそんなことは訊けない。

「女の子が多いのね。男の子は二人で……」

何気なく口にしたことなのに、女性達はいきなり目を泳がせた。

「はい……。そのとおりでございます」

何かまずいことを口にしてしまっただろうか。エリーゼが不審な目を向けてしまったせいか、彼女達は慌てたように言う。

「あの、よろしかったら、お茶はいかがでしょうか。王子様や王女様とご一緒に……」

「ううん、いいのよ。それより、子供達と遊びたいんだけど」

それを聞いた子供達がわあっと声を出して、エリーゼのドレスにしがみついてきた。

「一緒にお庭で遊ぼう！」

そうなったら止められるものではない。エリーゼは手を引っ張られながら、庭に出ていく。

花壇などもあるが、庭は子供達が走り回るのにちょうどいい広さがあった。

それにしても、外遊びなんて、ミレート王宮ではやったことがなかった。孤児院などの慰問先でやったけれど、王子や王女にはそんな庶民みたいな遊びは必要ないと言われてきたのだ。

だが、ヴァルトでは王族であっても、こうした外遊びが許されているということに、妙に感動を覚える。

「王妃様、こっちに来て」

「いいもの見せてあげる！」

手を引かれた所へ行くと、そこには小さな隠れ家みたいなものがあった。板で作られた小さな家で、木陰に置かれている。犬小屋よりは大きいが、物置より小さい。いや、高さは子供サイズで小さいけれど、中には何人もの子供が入れるように作ってある。

「これね、この間、クラウス兄様が作ってくれたんだ！」

「え、クラウスが作ったの？」

「うん。道具を持った男の人達を連れてきてくれたの」

一瞬、クラウス自身が汗をかきながら手作りをしたのかと思ったが、まさかそんなわけはないだろう。彼はとても忙しいのだから。

「クラウスが大工さんを連れてきてくれたのね」

「うん。でも、色はクラウス兄様が塗ってくれたんだよ」

「まあ、そうなのね」

子供達と一緒にいるクラウスも想像できなかったが、小さな隠れ家にペンキを塗る彼も思い浮かばない。

それって、本当にあのクラウスなの？

つい、そんなふうに思ってしまう。

子供達に誘われて、隠れ家に入ってみた。中には木製の小さな椅子とテーブルがある。おままごとにぴったりだ。

「可愛い椅子とテーブルね」

「王妃様、座って」

エリーゼがいくら小柄でも、さすがに子供向けの椅子に座るのはきつい。しかし、せっかく誘ってくれたのだからと、無理して座ってみる。

すると、一人の女の子がままごとの道具であろうポットとカップを持ってきた。確か名前はアンナだった。彼女はテーブルの上に置き、自身も座って、改めて気取った仕草でお茶を淹れる動作をする。もしかして、お茶会のつもりだろうか。

「どうぞ、王妃様」

「ありがとう、アンナ王女様」

お茶会の客のつもりでお礼を言うと、彼女はくすぐったそうな表情をして笑った。エリーゼはお茶の香りを嗅ぎ、飲む真似をしてみせる。

「おいしいわ。アンナ王女様はお茶を淹れるのがお上手なのね」

すると、みんながクスクス笑い出した。

「変なの。王妃様がアンナ王女様だって」

「そうね。でも、お茶会ごっこでしょう?」

「うん。大人はみんなこんなふうにお茶を淹れるんでしょ？　作法の先生が言ってた」

そういえば、この白亜宮で、今は貴婦人のお茶会を開かれることもないのだ。彼らの母親がいなくなったのは、二年前のことだろう。だとしたら、ヘルマと同年齢以下の子はそんな記憶もないかもしれない。

なんだか切なくなってしまったので、話題を変えてみる。

「そういえば、わたしのことは『王妃様』じゃなくて、別の呼び方がいいわ。名前がエリーゼだから『エリーゼ姉様』とか」

クラウスが『クラウス兄様』なら、当然そうだろうと思った。

「エリー姉様！」

一番年下の女の子が突然そう叫んで、しがみついてきた。すると、みんな口々に『エリー姉様』と呼び始める。

愛称になったけど……エリーでもいいか。

エリーゼはにっこり笑って、彼女達を抱き締めた。

「さあ、ここを出て、別の遊びをしましょ。エリー姉様にはここは小さすぎるから」

やっと隠れ家の外に出られたので、大きく伸びをする。

「ねえ、エリー姉様も魔法使うの？」

ヘルマが尋ねてきた。

「ええ、少しだけ」

「わたし達も少し魔法の練習をしているけど、ちょっとしかできないの。エリー姉様の魔法を見せて！」

彼らは王族だから、魔法を使えるはずだ。なんならエリーゼより高等な魔法が使えるかもしれない。そう思ったが、こんな可愛い子供達がエリーゼを嘲笑うことはない気がした。

そうよ。お茶会のときだってなんとかなったんだから。

勇気を出して、にっこり笑う。

「いいわよ。でも、そんなに強力な魔法は使えないの。元気がなくなったお花を元気にしてあげられる魔法よ」

「え、すごい！」

「そんなことできるの？」

彼らは興奮したように言い、花壇を指差した。

「あっちに元気のないお花がいっぱいあるよ」

その花壇一帯には花が咲いていたが、盛りは過ぎて枯れかけている。が、こんなに多くの花を一気に蘇らせたことはない。

でも、今日は、一本の薔薇を蘇らせようとしたら、他の花の蕾も咲いていた。もしかしたら、ヴァルトのマナならそれが可能かもしれない。

「こんなにたくさんだから自信がないけど、やってみるわね」

呼吸を整えて目を閉じ、頭の中で光を感じて、それを花壇に振りまくイメージをしてみた。

「わぁ！　やっぱりすごい！」

「エリー姉様！　咲いたよ！」

歓声が沸き起こったので目を開けたら、そこには本当に蘇った花々が咲き乱れていた。

すると、突然ヘルマが何を思ったのか膝の絆創膏を剥ぎ、驚きの声を上げる。

「ねえ、わたしの怪我、治っちゃった！」

彼女は転んで膝を擦りむいたのだった。見ると、確かに膝にその跡はない。

「これもエリー姉様の魔法？」

「すごーい！」

子供達がまた騒ぎ立てた。けれども、まさか自分の魔法でそんなことができるとは思わない。

一輪の花を蘇らせるだけの魔法で、いつも嘲笑されていたのだから。

でも……もしかしたら、ここの濃いマナが花だけでなく、人の治療にも効くとしたら……？

エリーゼは思わず自分の手を見た。

マナは感じるだけで目には見えない。けれども、まだ掌にはマナの気配が漂っているような気がした。

「なるほど。すごいものだな」

そのとき、後ろから男性の声が聞こえてきて、エリーゼは飛び上がった。振り返ると、そこにはクラウスが立っている。

それに気づいた子供達から歓声が上がる。

「クラウス兄様まで来てくれた！」

「今日はいい日だね！」

「兄様もあそぼ！」

白亜宮に彼がよく来ているとは聞いていたが、自分がいるときに現れるとは思わなかった。彼は忙しいから、ここで会うことはないと思い込んでいたのだ。

わたしがここに来ていること、もしかして知ってた？

そういえば、彼はエリーゼが何をしたのか、誰と会っていたのかを知っているときがあった。密偵か何かつけられていたのだろうか。

知られたからといって、そんなに困ることはないが、それでもこの場合は彼に不快感を示されるのではないかとビクビクしてしまう。

だって、彼の弟妹に勝手に会ってしまったから。

だが、彼は不機嫌そうではなかった。屈《かが》み込《こ》んで、花壇の花を調べている。

「自分の目で見ても信じられないな。こんなに一斉に枯れかけた花が蘇るなんて」

ヘルマが彼の腕を引っ張った。

「ねえねえ、見て。お膝の怪我が治ったんだよ。エリー姉様の魔法、すごいんだから！」

「怪我していたのか？」

「うん。さっき転んで擦りむいていたの」

今度はヘルマの膝を見て、何故だか頷いていた。

「ほう。これは……なかなかのものだ」

彼は立ち上がると、エリーゼに笑顔を見せる。ぱっと輝くような明るい笑顔で、彼もこんなふうに笑えるのかと思ったくらいだ。

けれども、きっとこれは子供達の前だからだろう。怖がらせないように配慮しているのだ。

確かに彼が不機嫌なときの顔は子供達には見せられない。

「エリー……って呼ばれているのか」

「『ゼ』が抜けたみたい」

「それもいいな。エリー」

愛称を呼ばれているようで、なんだかくすぐったい。エリーゼは笑いそうになったが、すぐに顔の表情を引き締めた。

「あの……勝手にここへ来てごめんなさい」

「どうして謝る？」

「え……と、あなたにこんなにたくさんの弟や妹がいて、白亜宮に住んでいるって、初めて知ったから。わたしには教えないことになっていたのかもしれないと思って」

彼はふっと笑った。

「いずれは連れてこようと思っていたから、ちょうどいい」

エリーゼは事の経緯を話した。王太后のお茶会に招待されたことから、帰り道で転んだ迷子のヘルマと出会い、ここに連れてきたことまで。

「おまえの魔法、初めて見たが、実際に見ると想像していたものとは違っていたな。まさか怪我まで治すとは」

彼が過剰に期待しないように、慌てて説明する。

「今までこんなことなかったの。ヴァルトはミレートよりマナが濃いみたいだから、そのせいじゃないかと」

「マナが濃いとかいった話は聞いたことがないな。なんにしても、おまえの魔法は母国よりここで役に立ちそうだな」

怪我が治せるなんて期待はしてほしくないが、花ならいくらでも蘇らせることができるんじゃないかと思ってしまうくらいだ。

不思議な高揚感がある。

ミレートではいつもひどい評価をされていたから、役に立つと言ってもらえて嬉しいのだ。

「ねえ、クラウス兄様、エリー姉様も……一緒に遊ぼうよ」

マリオにドレスを引っ張られて、エリーゼは彼と手を繋いだ。

「そうね。遊びましょう。鬼ごっこでもする？」

「オニゴッコ？」

マリオがポカンとするから、どんな遊びか教えた。この世界では鬼ごっこがないのか、もしくはこの国にはないのか分からないが、覚えておいて損はないと思う。エリーゼは以前、孤児院でもこうした前世の遊びを教えたのだ。

ルールは簡単だから、子供達はすぐに覚えて、庭を走り回る。エリーゼは残念ながらこのドレスでは全力では走れない。クラウスは子供相手なので手を抜いて走っていたものの、さすがにずっと走り続けてはいられなかった。

小さな子供のエネルギーにはなかなか勝てない。世話係も大変そうだ。

「さあ、今日はもうこれでいいだろう」

クラウスが合図すると、みんながそれに従う。エリーゼとクラウスはこれで帰ることになり、子供達に別れを告げた。

「せっかくだから、二人で庭園を散歩して帰ろう」

「……はい」

別々に来たが、確かに目的地は同じだから、ここで分かれて帰るのはおかしい。

白亜宮の敷地から出た途端、さっきまでのにこやかなクラウスではなく、通常モードのクラウスに変わった気がする。

やだ。やっぱり説教されるのかしら。

エリーゼは思わず俯きそうになったが、危うく止めた。俯いていると叱られるからだ。

「あの……勝手に白亜宮に来たこと、本当に怒ってない？」

思わず尋ねたエリーゼのことを、じろりと見てくるが、叱る気はないようだ。ただ少し溜息をつかれただけだ。

「怒ってなどいない。そんなにビクビクするな」

結局、叱られてしまうのだ。他の人の前ではなるべく堂々とした態度をするようにしているが、彼の前ではつい弱気な自分に戻ってしまう。

「はい……。わたし、あなたが子供達と遊ぶのを初めて見たけど……」

「そうだろうな。俺も初めて見せたから」

そういう突き放した言い方をされると、話がしにくい。彼は態度で質問されるのを拒絶しているのだろうか。

「子供達がいるという話は聞いたことがあったの。でも、あんなに多いとは思わなかったわ」

「……聞いたんだろ。俺が側妃を子供から引き離して粛清したと」

彼はミレートでそう噂されていたことを知っていたのだ。

「で、でも……違うんでしょ。粛清は……してないでしょ？」

自信はないが、そうではないかと思っている。そして、そうであってほしいとも願っていた。だって、彼は本当にひどい人ではないから。

思わず上目遣いになると、彼は肩をすくめた。

「するわけがない。側妃といえども貴族ばかりだ。むやみに処刑なんてしたら、貴族の反感を買うことになる。それに、いくら懐いていなかったにしても、子供達にとっては母親だ」

「そうね……」

エリーゼはほっとした。

「する理由がなかったとは言わないがな」

「えっ、どういうこと？」

その理由とはなんだったのだろう。側妃が何かスパイみたいな真似事《まねごと》でもしていたのか。

「側妃は今の王太后を含めて五人もいたんだ。そして、それぞれが足の引っ張り合いをしていた。つまり……他の側妃に王子が生まれると都合が悪いわけだ」

ミレートもそうだが、この国では王位継承権は男子にしかない。当時も次期国王はクラウスと決まっていたはずだが、それでも継承権を持つ男子を持つことは特別だったのだろう。側妃から正妃になれるチャンスなのだ。

「じゃあ、男の子が妙に少ない理由は……」

「ごく小さいときに、不慮の事故や謎の病気で亡くなることが多かった。流産もな」

「ひどい……！」

側妃が存在するだけで争いが生まれるというのは聞いたことがあったが、五人もいたのでは、トラブルが絶えなかったことだろう。みんな貴族なら、それぞれの家門を背負って側妃になったのだろうし、側妃自身が争いたくなくても、自然とそういうことになってしまう。

「側妃を五人も同じ白亜宮で暮らさせていたんだ。必然的にそうなるだろう」

「え、あの中で……？」

確かに白亜宮は大きい建物だ。しかし、側妃が五人もいたら、どうしたって顔を突き合わせてしまうだろう。国王の寵愛《ちょうあい》を巡り、女同士の陰湿な戦いが行われても当然だ。

「側妃をその状態に放っておいた俺の父も悪い。ネズミが共食いをするようなものだ。俺は成人してから実態を知って、子供が『事故』に遭わないようにそれぞれ別の宮殿に住まわせるようにした。まあ、それでも使用人を買収する場合もあるから、別の宮殿でも安全とは限らなかったが……」

使用人を買収して、どんな『事故』や『病気』が仕組まれたのか。毒物を仕込んだりとか、階段から落としたりとか、そういうことだろうか。

ふと、エリーゼはクラウスの安全は確保されていたのかと気になった。

「あなたは大丈夫だったの？　第一王子として大事にされていたとは思うけど……」

彼は肩をすくめた。

「いろいろあったさ。子供の頃から毒に対する耐性はつけるようにされていたから、事なきを得た。それに、俺の場合、父が側妃を迎えるようになったのは母が亡くなってからのことで、十四歳にはなっていた。だから、そこまで危険な目には遭っていない」

十四歳でもまだ子供だ。もちろんこの世界では、十四歳でも結婚したりする。けれども、身体だって成長しきっていないし、しかも母親が亡くなったばかりで心細かったに違いない。そんなときに、父親は次々に側妃を迎え、命を狙われたりしたのだ。

そして、側妃のバックには勢力を広げたい貴族が控えている。なんて恐ろしい世界に彼はいたのだろう。

そう思うと、彼が国王となって、側妃を追い出したのは正当な処置だ。子供と引き離したのはどうかと思うが、それもやむを得ない。子供達は王族の血を引いているからだ。

「でも、命を狙われるなんて、やっぱりつらかったと思うわ……」

彼はそれに返事をしなかった。エリーゼの同情なんていらないとでも思っているのだろう。

「王太后はどうして正妃になれたの？　リカルドを産んだから？」

「そういうことだな。一番したたかだったからとも言えるが」

「じゃあ、王太后も他の子供に……？」

「当然だ。だが、彼女もさんざん同じ目に遭った」

やはり側妃同士で潰し合いをしていて、子供達が犠牲になっただけか。それはやはり側妃達が悪いというより、結果的にそうなるように仕向けた先王が悪いということになる。

正妃が亡くなり、側妃を迎えること自体は悪いことではない。正妃の子供がクラウスだけなら、クラウスにもしものことがあったときに他に王子が必要だと考える側近はいることだろう。そういった進言を受けて、側妃を迎え入れる。そのことに非はないのだ。

「でも……どうしてお義父様は側妃の争いを止めようとしなかったの？」

「関心がなかったんだ。側妃の許に通いながらも、人間扱いもしていなかった」

「え……」

それはどういう状態だろう。普通は関心があるから側妃にさせるはずだ。

「周りから強制されたということ？」

「有力な貴族がそれぞれ差し出してきた。父は……母のことだけが大切で、他はどうでもよかった。俺のことも……」

エリーゼは思わず隣を歩くクラウスの横顔を見た。彼は無表情だった。特に傷ついているわけでもなさそうだが、それだけに諦めみたいなものも感じた。

彼の子供の頃って、どんなふうだったのか。父親は妻ばかりを愛していて、子供には関心がなかったなんて……。

しかし、エリーゼ自身、両親から関心を寄せられない子供だった。だが、彼は長子で、たった一人の王子だったのに。先王からすれば、跡継ぎだというのに。

「お義母《かあ》様のほうは……どうだったの？」

「母は愛情深い人だった。ただ身体は弱かったから、あまり会えなかった。俺が子供の頃、礼儀正しくておとなしい王子だったって信じられるか？」

一瞬信じられないと思ってしまったが、彼の子供時代を想像してみたら、信じられた。

子供の彼の周囲には乳母や教育係や教師など、気にかけてくれる大人はたくさんいただろう。けれども、愛情を示してくれる母親はめったに会えず、父親には無関心を通される。愛情が欲しくて、優等生みたいになっている姿が浮かんできた。

「……あなたは真面目でおとなしい子供だったのね」

彼は自嘲するように笑った。

「そうだ。無視されても、有力貴族に揶揄されることがあっても黙っていた」

その気持ちは痛いほど分かる。エリーゼも家族に無視されたり、馬鹿にされたりしてきたから、それが当たり前になっていて、貴族に何を言われても受け入れていた。

だから、それが分かっていた彼は、エリーゼにいろんな忠告をしてくれたのだろう。黙っていれば、馬鹿にされるだけだ、と。

「あなたは一人でそれを克服できたの？」

「父が側妃を受け入れるようになったときに決意したよ。このままでは、側妃の後ろ盾である貴族に殺されるだろうと。そうならないように強くなった。父は相変わらずだったが、それでも俺が強くなったら、側妃を別々に住まわせるという案を承諾してくれたよ。側妃の争いも面倒に思えていたんだろうな」

そんな状態で、この国は大丈夫だったのだろうか。彼は若くして国王となったが、その前から政治の実権は握っていたのかもしれない。

それでも、彼が国王になってからの二年間は問題が山積みだったという。

「側妃と子供達を引き離したのは、どういう理由から……？」

噂レベルの話はもういい。彼の口からちゃんと聞きたかった。

「俺じゃなく側妃が選んだ。俺はただ……『王子と王女は王宮で育てる。子供と一緒にいたいなら、王宮で何か仕事をしてもらう。子供と離れるなら、慰労金を渡す』と言っただけだ」

「ああ……そうなのね」

やっと分かった。側妃は元から子供に愛情がなかったのだ。だから、あっさり手放したのだ。仕事をするより、慰労金をもらって元の家に帰るほうがいいと判断したのだろう。元々、身分も高いだろうし、嫁ぐ相手も選《よ》り好《ごの》みしなければいるはずだ。

だけど、彼が子供から母親を無理やり奪うような冷酷な人でなくてよかった。しかも、彼は子供達を訪問して遊んであげている。

やっぱり心根は優しい人だ。そうでないとは、今は言えなかった。

「今はもう子供達は命を狙われるようなことはないのかしら」

「俺が即位してから、よからぬことを企《たくら》んでいた連中は処刑したからな。王太后にも脅しをかけている。あの子供達やおまえに何かあったら、証拠のあるなしに関わらず、牢《ろう》に入れると」

「え……わたしも？」

エリーゼは自分が王太后に狙われる立場にいる可能性を考えていなかった。確かに王太后からすれば、エリーゼなど排除したくてたまらないだろうとは思う。しかし、そこまで危険だとは認識していなかったのだ。

クラウスは呆れたように笑うと、エリーゼの肩を抱き寄せた。

「馬鹿だとは思っていたが、そこまでとはな」

彼の温もりが感じられて、ドキッとする。

「ば、馬鹿って……」

「馬鹿は馬鹿だ。おまえが王子を産めば、リカルドの王位継承順位は後ろに下がる。よくお茶会で毒を盛られなかったな」

想像してみてゾッとしたが、いくら王太后でも自身の主催のお茶会でそれはできないだろう。しかも、クラウスに脅しをかけられているのに。嫌味を言うのがせいぜいだ。

「そういえば、お茶会で魔法を披露してみせたそうだな」

「え……あ、はい。披露させられたというか……。でも、どうして知っているの？」

聞くまでもないことだろうが、彼はやたらとエリーゼの身に起こったことに詳しい。となれば、身の回りにスパイがいるということだ。彼はエリーゼの質問をあっさり無視した。

「その魔法、俺にもちゃんと見せてくれ」

彼は庭園に咲いている花を指差した。枯れる一歩手前みたいなもので、花弁もほとんど散っている。ここまで枯れている状態の花を元に戻したことはない。

だけど、この国のマナを使えばできるかも……。

「……やってみます」

目を閉じ、頭の中で光を作り、手を伸ばして、それを花に向けて一斉に放射してみる。眩《まぶ》しい光が瞼の裏に広がった。

クラウスが感嘆の声を小さく上げる。

目を開けると、驚いたことに枯れた花が復活しただけでなく、まだ咲いてなかった花まで咲いている。花壇は花だらけだ。

「いや、やはりすごいな」

「この国のマナは濃いから……」

「いや、濃くはないな。相性の問題かもしれない。それとも……おまえの気持ちが変わったから……?」

エリーゼははっとした。

この国に来て、彼のアドバイスに従って前を向き、自分を変える努力をしてきた。自信がなくて、引っ込み思案だったときの自分とは、心の中が違うのは分かる。

そのおかげなの……？

「でも、花が咲いたからといって、なんの得にもならないし……」

「おまえは気づかないのか？　これは光属性の魔法だろう」

「光属性……？」

萎れかけた花を復活させる魔法。それが光魔法だとは思いつかなかった。

「治癒魔法であり、浄化魔法だ。豊穣《ほうじょう》の魔法でもある」

「えぇえっ？」

そんな複雑なものを放っているつもりはなかった。

「おまえの魔法で辺りが一斉に浄化されて、失われた活気が再生する。だから、花が咲き、ヘルマの怪我が治った。これを磨いていけば、人の役に立つかもしれない」

わたしが人の役に立てるの？

信じられない気持ちだが、それがもし本当ならこれほど嬉しいことはない。エリーゼはいつも神聖教会に通い、病人や怪我人の治癒を祈っていたからだ。

「子供達みたいに、わたしも魔法の先生に教えてもらえれば、なんとかなるかも」

「いや、それは俺が教えよう。どのみち光魔法の使い手はめったにいない」

彼はまたダンスのときみたいに、積極的に関わるつもりなのだ。

彼が冷酷な人だなんて、誰が言い出したのだろう。

「もし光魔法が自在に使えるようになったら……ううん、そうじゃなくても慰問に行きたいわ。病気の人や怪我のひどい人を少しでも助けたいから」

今までは王妃の務めが忙しくて王宮から出ることはなかったが、自分にそんな能力があるとなれば別だ。人の役に立つなら、いくらでも魔法を使いたい。そんな気持ちだった。

クラウスは目を細めて、エリーゼを眺めた。

「……おまえはミレートでも慰問によく行っていたそうだな」

もちろんそれも調査したら分かることだ。彼はなんでもよく把握している。

「孤児院にも行ったわ。子供達とよく遊んでいたの」

「そうか……。いい心がけだ」

彼も時間があるなら、エリーゼと同じことをしていたのではないだろうか。今ではそう思う。彼は傍若無人に振る舞っていても、決して自分勝手ではないのだ。それどころか、本当は他者を尊重する人なのではないだろうか。

「さあ……そろそろ帰らねば」

クラウスはエリーゼの肩に再び腕を回した。

その仕草がいつもより優しく感じられて……。

エリーゼは頬が熱くなるのを感じていた。

第五章　エリーゼの覚醒

クラウスによる魔法の練習はまだ始まってはいないが、エリーゼは慰問に行く許可をもらった。

そもそも自分の魔法が光魔法の一種かどうかもよく分からないけれど、そうであれば何かしら役に立つはずだ。一応、軽い怪我《けが》を治した実績もあることだ。患者の助けになれれば、それで十分だ。

最初は神聖教会へ行き、大司教に会い、自分の魔法について話をする。そして、教会と関わりのある施設へ慰問に行く計画だった。

エリーゼは身なりを整え、時間どおり馬車に乗るために宮殿の玄関へ向かった。

今日の装いは地味な灰色を基調にしたドレスだ。上品なレースの飾りはついているが、それほど目立たないものだ。同色の帽子をかぶり、アクセサリーは銀色のシンプルなネックレスのみで、神聖教会へ行くのにふさわしい服装だと思う。

エリーゼは宮殿の外に出て、そこに待つ馬車に乗り込もうとした。

はっとして足が止まる。中にはすでに誰か乗っている。その誰かはクラウスだった。

「クラウス……！　どうしてここに？」

「俺も行くからだ。さっさと乗れ」

そんなことは聞いていない。と思ったが、抗議をしたところで、彼は涼しい顔で聞き流すだろう。もしくは、うるさそうに顔をしかめるかもしれない。

とにかくエリーゼは彼に従った。侍女は別の馬車に乗ることになり、エリーゼはクラウスと向かい合わせに座席に腰かける。彼は腕組みをしていて、こちらをじっと見てきた。

「今日は地味だな」

「神聖教会へ行くのだから、地味でいいはずよ」

彼はいつもとあまり変わらぬ格好だ。黒ずくめだけとけれど、銀のモールや肩章がついている服に黒いマントを羽織っている。別に華美ではないが、格好よすぎた。

自分なんかが傍にいて、妃《きさき》と呼ばれるなんておこがましいとさえ思ってしまう。

しかし、彼を好きになった今では、自分以外の女性が彼の傍にいたら嫉妬するだろう。だから、似合わないかもしれないけれど、エリーゼは彼の妃でいられることが嬉《うれ》しかった。

愛される見込みがないとしても……。

いいの。それは。

彼はわたしに優しさを見せてくれる。子供時代のつらかったことも話してくれた。

だから……それで十分じゃないの。

いいや、それは本心ではない。それでも、形だけでなく、王妃として彼に認められている。そのことがエリーゼの誇りだった。

「おまえは信心深いんだな。俺はリアンガイナのことはあまり信じてないぞ」

「国王がなんてことを言うのかしら。この大陸の聖女神と呼ばれる神様なのに」

「豊穣《ほうじょう》の神だろう？　俺は何度も祈ったが、この国の農作物の生産量は上がらない。土地の気がよくないんだ」

ヴァルト王国の土地の気がよくないと言われているのは、聞いたことがあった。何か呪いのようなものにかかっているのではないかと噂《うわさ》されたこともある。王都はさほどではないが、地方の農地は状態が悪いとも聞いた。

「空気中にマナは溢《あふ》れているのに、不思議だわ。ミレートでは雨水と共にマナが土地に吸い込まれていくの」

「ほう。魔法で土地の気を変えられるものなのか？」

「魔法じゃなく、自然にそうなるものだとわたしは思っていたんだけど……。ヴァルトでは違うの？」

隣同士の国とはいえ、そこまで土地の状態がよくないものなのだろうか。一度、地方の農地を見にいってみたい。魔法でどうにかならなくても、前世の知識が役立つかもしれない。

「……おまえが神聖教会で祈れば違うかもな」

「え、わたしが?」

彼は本気でエリーゼに光魔法の能力があると信じているようだった。エリーゼもそうであってほしいと願っているが、せいぜい擦り傷が治るくらいではないかと思っている。まして、土地にマナを吸い込ませる力なんて、あるわけがなかった。

「おまえは自分を過小評価する癖があるな」

「自分に過剰な期待を抱かないようにしているだけよ……」

長い間、蔑まれ続けてきた人生だ。期待は裏切られるものだと、いつしか思い込むようになっていた。

期待しなければ落胆することもない。前世からの生きるための知恵だ。

「だが、祈ってみるだけならいいだろう」

「それは……そうね。祈るだけなら」

でも、結果は期待しないでほしい。彼がそんな大それた望みを抱いているなんて思ってもいなかったが、エリーゼには無理だ。それほどの能力なんてありはしない。

やがて神聖教会に着いた。

クラウスは馬車から先に降りて、エリーゼが降りるのを手伝ってくれる。王都で暮らす人々が馬車から降りる二人を見て、何事か囁《ささや》き合っていた。

国王と王妃だというのは、馬車の豪華さや紋章から分かるだろう。神聖教会には訪問のことを前もって知らせていたので、司祭らが迎え入れてくれた。

「国王陛下、王妃陛下、神聖教会へようこそお越しくださいました。大司教様がこちらでお待ちになっておられます」

司祭に案内されて、神聖教会へ足を踏み入れる。

ミレートとは建物の外側のデザインや造りは違うが、内側の様式は同じだ。司祭達の態度や言動も似たようなものを感じる。

大司教は祭壇の前に跪《ひざまず》いていた。が、気配を感じて立ち上がり、優しい笑みを浮かべながら挨拶をしてくれる。

クラウスは軽く頷《うなず》き、エリーゼのほうをちらりと見た。

「妃がこの地で聖女神リアンガイナ様に祈りを捧《ささ》げたいと言っている」

「王妃様が信心深い方だということを、ミレート王国の大司教から伺っております。どうぞこちらでも存分に祈っていただけますように」

大司教に誘導されて、エリーゼは祭壇の前に立った。祭壇にはリアンガイナの像がある。優しさで人を包み込むような豊穣の女神の像だ。

エリーゼはその前に跪き、祈りを捧げる。

ヴァルト王国の土地が清浄な気を取り込むことができますように。

人々が豊かで幸せになれますように。

醜い争いがなくなり、すべての人が穏やかな気持ちで過ごせますように。

いろんな言葉で、この王国が幸せに満ちることができるように祈り、同時にいつもの魔法を使った。

頭の中で光を作り、それを頭の外側へ放射していく。一輪の花を蘇《よみがえ》らせるときには、その花に向けて放射すればいい。けれども、今回は多くの人に祈りが伝わるように、光を一斉に振りまいた。

想像上の光は粒となり、王国中に降り注いでいる。そんなイメージを続けていく。

しばらくして、エリーゼは目を開け、立ち上がった。クラウスがこちらを見つめている。大司教は口をポカンと開いていた。

少しは上手《うま》くいったのかしら……。

そう思いながらクラウスの許へ行こうとして、急に力が抜けてしまい、歩けなくなる。

「エリーゼ！」

「王妃様！」

目の前が暗くなり、エリーゼはそのまま意識を失った。

目を開けたとき、エリーゼは見知らぬ部屋のベッドに寝かされていた。

「ここは……どこ？」

「気がついたか。ここは教会の付属施設の中だ」

声がして、そちらを見ると、ベッドの傍らに椅子が置いてあり、そこにクラウスが座っていた。彼は身を乗り出して、エリーゼの顔を見つめてくる。

深青色の瞳が近づいてきて、ドキッとした。結婚していて毎夜のように抱かれているというのに今更かもしれないが、やはり彼の顔が間近にあると、ときめいてしまうのだ。

だって、好きなんだもの……。

「顔が赤いな。熱でもあるのか？」

彼は手を額に当てて熱を測る。そして、首を傾《かし》げた。

「いや、熱はないな。どうだ？　気分は？」

「あ……わたし、祈りすぎて……」

そうだ。倒れてしまったのだ。

エリーゼは慎重に身体を起こした。眩暈《めまい》もおきないし、どうやら大丈夫そうだ。

ここは教会の付属施設と聞いたが、病室みたいなものだろうか。ベッドと椅子以外には小さな戸棚くらいしか置いていない狭い部屋だ。

「ああ、そうだ。祈り過ぎだ。おまえが祈れば何かが起きるかと期待していたが、あそこまで熱心に祈ることはなかった。大司教が驚いていたぞ」

「えっ……と、何かあったのかしら」

エリーゼ自身はただ一心に祈っていただけだから、後のことは知らない。

「礼拝堂が柔らかい光に包まれて、大司教の痛む腰と司祭の怪我が治ったことくらいだな」

「じゃ、じゃあ……わたし、光魔法が使えているのかしら」

「だろうな。俺が教えるまでもなかったな。おまえ、一体何を祈っていたんだ？」

「この王国の人がみんな幸せになりますようにとか、この王国の土地が清浄な気を取り込めますようにとか……」

するとクラウスは突然自分の額に手を当てて、呻《うめ》いた。

「えっ、どうしたの？」

「いや、とんでもなく大きな願い事をしたもんだと思っただけだ」

「この国の王妃が国民の幸せを祈るのは当たり前のことなんじゃ……。ミレートにいたときは、ミレートの人の幸せを祈ったわ。それと、国が豊かになるようにって」

「なるほど。おまえが王妃として祈ってくれたのは嬉しいぞ。ただ、いきなりそこまでの力を使うことはなかった。だから、倒れる羽目になったんだ」

エリーゼは戸惑った。自分ではそんなに大きな力を使った覚えはなかったからだ。確かに頭に浮かぶ光が王国を覆うほどになってほしいとは思ったが。

「わたしはただ普通に祈っただけよ……。」

「大司教は感激していたぞ。光魔法のような稀有《けう》な魔法を使えるのは、聖女神リアンガイナに愛されている証拠だそうだ」

「大げさだわ」

ミレートの大司教でもそこまでの賛辞はくれなかった。だが、エリーゼも倒れるまで祈ったことはなかったたし、誰かを治療できたわけでもないから当たり前かもしれない。

「やっぱりここのマナが濃いから、ミレートで祈るのとは結果が違っているんだわ」

「だから相性の問題だって言ってるだろ。結局、おまえはこの国に嫁ぐべくして嫁いだんだろうな」

彼の目が眩《まぶ》しげに細められて、またまたドキッとする。

嫁ぐべくして嫁いだなんて、すごく嬉しい言葉だ。最初に彼に謁見したときに非常に冷たい態度を取られたことを思えば、そんなふうに言われるとは思わなかった。

「わたしはこの国に貢献できるかしら」

「ああ。だから、そんなに弱気になるな。それに、たとえ魔法が使えなくても、おまえは十分よくやっている。王太后は王妃時代に社交以外のことはまったくやっていなかったぞ。慰問なんてとんでもない。ドレスが汚れるってな」

「まあ……」

王太后なら言いそうだ。けれども、彼女は誰の前でも俯《うつむ》いたりしなさそうな人だ。堂々としていて、そこだけは王妃向きだと思う。

「ともかく、おまえは大司教に気に入られた。ただ、これからおまえを女神のように崇《あが》めたり、利用しようとしたりする奴《やつ》が近づいてくるだろうな」

そんなことを言われると不安になってくる。その気持ちが顔に表れていたのだろう。彼はエリーゼの頭をポンと軽く叩《たた》いて、ニヤリと笑った。

「心配するな。俺が変な奴を近づけさせたりしない。任せておけ」

本当は自分で判断しないといけないのだろうが、彼がそう言ってくれるなら安心できる。彼の意向に逆らえる人なんて、この国にはいないからだ。

「さあ、そろそろ帰るか」

「はい」

エリーゼはベッドから出て、立ち上がる。彼が手を貸してくれて、その仕草が優しく思えてきて、なんとなくそのまま腕に掴《つか》まってしまった。振り払われるかと思ったが、さすがにそんなことはしない。

二人が部屋を出ると、外には侍女や侍従が控えていた。

「王妃様、大丈夫なのですか？」

「教会所属の医師を呼びますから、少しお待ちください」

　しかし、クラウスは止めようとした侍従を振り払った。

「王宮医師に診《み》せるから、もう帰るぞ」

「では、大司教様に挨拶を……」

「それなら、さっさと呼んでこい」

　そう言いながらも、彼は立ち止まらない。

　別に彼がいつも自分の侍従に対して、こんなに乱暴なのではない。侍従のほうも、すべて彼の言うとおりに動いていてきたし、彼の行動を止めようとするようなこともしてこなかったと思う。どうせ彼は自分の決めたとおりにしかしないのだから、止めても無駄なことくらい、侍従も承知しているはずだ。

　しかし礼拝堂で倒れて、病室みたいな部屋まで借りたのだから、大司教や司祭に何も言わずに帰るというのも礼儀にかなっていない。

　でも、国王に礼儀を求めるというのもおかしな話だわ。

　エリーゼはそう思いつつも、クラウスに引きずられるように歩いていく。

「お待ちください！　しばしお待ちを！」

　大きな声をかけてきたのは司祭の一人だった。その後ろから大司教が慌てたようにやってきる。大司教は決して若くはない。六十代後半くらいの年齢で、神聖教会ではトップの地位にいるというのに、こんなに急がせられて気の毒だった。

さすがにクラウスは立ち止まった。

「世話になった。妃の身体が心配だから、王宮に帰るつもりだ」

そう言い放つと、大司教は大きく頷いた。

「もちろんですとも。王妃様のお身体は大切ですから。しかしながら、ほんの少し、私の話に耳を傾けていただきたいのです」

「分かった。早く言え」

本当にこの人は……。

エリーゼは彼を窘《たしな》めたくなったが、そんなことをしても、彼が言うことを聞くわけもない。ただ隣で黙って立っているしかなかった。

大司教はエリーゼに向かって、大きく手を広げて話しかけてくる。

「王妃様、私は今日のことで確信しました。あなた様は『聖女神のいとし子』であると」

「いとし子……というと？　え？」

聖女神のいとし子と言われるのは、生まれる前の約束で、リアンガイナから恩寵《おんちょう》をいただいた人間のことだ。

そういえば、わたし……。

この世に生まれる前のことを思い出した。

生まれ変わる前に、神様の声を聞いたのだ。贈り物を授けよう、と。

えっ、それがまさか光魔法のことなの？

今になって、神様の贈り物が何か分かった。光魔法の使い手になり、この国に貢献できることは嬉しい。しかし『聖女神のいとし子』などという称号は欲しくない。

だって、わたしはこの国の王妃だから。

光魔法は使うが、王妃としてこの国のために何かしたい。

だが、大司教はエリーゼがこの国に来て『聖女神のいとし子』として覚醒したことが誇らしくて仕方ない様子だ。しまいにはエリーゼの手を取り、跪いてしまった。

「あの……大司教様、跪くのはおやめになってください」

「いいえ、王妃様。『聖女神のいとし子』は、聖女神の化身とも言われています。そんな王妃様の前に跪くのは光栄なことなのです」

驚いたことに、その言葉にクラウスも頷いている。

「大司教も妃の前に跪くのだな。つまり全国民はこうすべきということだ」

本気か冗談か分からないが、そんなことを口にする。薄笑いしているから、絶対本気ではなさそうだが。

大司教は大真面目にその言葉を受け止めていた。

「国王陛下は素晴らしい女性と結婚なさいました。この大陸一の女性ですよ」

クラウスは満足そうに頷いた。

「そうか。大陸一か」

「どんな女性も『聖女神のいとし子』には敵《かな》いません。ヴァルト王国はますます栄えていくことでしょう」

「そうだ。これからは『聖女神のいとし子』の子孫が治める国となるのだからな」

「おおっ！　それなら、ヴァルト聖王国と名を変えるのもよろしいかもしれません」

だんだん話が大きくなってきた。エリーゼはクラウスの袖を引っ張った。

「そろそろ王宮へ……」

彼の瞳は煌《きら》めいていて、エリーゼがどんな気持ちでいるのか分かっているようだった。

「よし。馬車の用意はできているな？」

侍従に確かめて、神聖教会の正面へ向かう。そこにはすでに馬車が待っていた。大司教と司祭達に丁重に見送られて、やっと教会を後にする。

「そういえば、慰問は……」

馬車が動き始めて、やっと思い出した。

「それはまた今度にしよう。一応、医師に診てもらったほうがいい」

もう大丈夫だと思うが、エリーゼがいくらそう言ったところで、クラウスの意見のほうが優先なのだ。それは仕方ないことだった。

確かに少し疲労感はあるし、次の機会のほうがいいかもしれない。

エリーゼはふーっと溜息《ためいき》をついた。

「まさか、大司教様がわたしのことをあんなふうにおっしゃるなんて……」

「俺は予想していたな。あいつはそういう『特別』なものが好きな俗物なんだ」

大司教を『あいつ』呼ばわりしている。国王は王国のトップだが、大司教は神聖教会のトップだ。どちらも尊重し合わないといけない立場であるのに、クラウスは相変わらずだ。

「これで、おまえは名実ともにこの国の貴人だ。よかったな」

「……まだ何もしてないわ。ただ名前だけだし。わたしは何かしたことによって、評価してもらいたいの」

彼はふっと笑う。

「なかなか頑固だな。だが、下を向いてうじうじしているよりも、そっちのほうがいい」

指摘されるまでもなく、エリーゼは自分がうじうじしていたことを知っている。けれども、クラウスに言われると、なんとも言えない気分になってくる。

誰に何を言われても、もう諦めていた。でも、彼には自分を認めてもらいたい。

だって、彼を愛しているから。

愛されることはないにしても、彼の隣にいてもいい人間なんだと認めてもらいたかった。

「今日の祈りはきっと多くの人に届いたんじゃないか？　そんな気がするな」

「そうだったらいいわ……」

心の底からそう思う。この国の人がみんな幸せになる。そんな日が来るといい。もちろん幸せと言うのは主観だから、国民全員が幸せを感じるなんてことはないかもしれない。だけど、病や貧困、飢餓に陥らないでいてほしいと思うのだ。


しばらくして、馬車は王宮に着いた。

エリーゼはクラウスの手に掴まり、馬車を降りたが、そのときに何故か脚に力が入らず身体がふらついてしまう。彼がさっと支えてくれたので、倒れずに済んだ。

「……ごめんなさい」

彼は舌打ちをしたかと思うと、いきなりエリーゼを抱き上げた。一瞬、身体が宙に浮いて驚いたが、彼が抱き上げてくれたことにはもっと驚いた。

「えっ、ちょっと……下ろして！」

「うるさい。おまえはまだ身体が回復してないんだ。俺が連れていってやる」

そう言われても、馬車には護衛もついていたし、先に別の馬車から降りて待っている侍女や侍従の姿もある。迎えに出てきた近衛兵も、この状況に目を丸くしていた。

が、彼らはすぐに目を伏せて、何事もなかったかのように頭を下げた。

「妃の具合が悪い。すぐに医師を呼べ」

「はい！　ただいま呼んでまいります！」

彼が大声で怒鳴り、侍従がそれに従う。

この状況は恥ずかしい……！

子供じゃないんだからと思いつつ、何故だか少し嬉しい気持ちもある。だって、一応、彼がエリーゼのことを心配してくれているということだろうから。

自分が稀有な力の持ち主で、大事にしたいと思っているのかもしれないけど……。

そのことは考えないでおく。エリーゼが彼の妻だから、大事にしてくれているのだと思いたかった。

結局、クラウスはエリーゼの寝室まで抱いたまま連れていってくれた。ちゃんとベッドまで運んで、静かに下ろす。そして、後ろからついてきていた侍女に向かって指示を飛ばした。

「妃を着替えさせてやってくれ。今日の予定はすべてなしだ。休養しろ」

「そんな大げさだわ」

「何を言ってるんだ」

彼はエリーゼの肩を引き寄せ、顔を近づけてくる。間近に麗しい顔があり、ドキッとした。

「おまえが平気なふりをしていたから、教会で歩かせたり、大司教のくだらない話にも付き合わせてしまった。とにかく休んでいろ。そうすれば回復するから」

もしエリーゼが具合悪そうにしていたら、彼は神聖教会でも大司教の前でも抱いて歩いていたということだろうか。そもそも最初に倒れてから、あの病室みたいな部屋に連れていったのは、彼なのかもしれない。今になって、神聖教会で彼が不機嫌な顔をしながら、気を失ったエリーゼを抱いて歩くところを想像してゾッとした。

いや、倒れたときに抱いて運んでくれたことには感謝しているが、今は大げさだ。

「でも……」

「だいたい運んでやったのに礼はないのか?」

そう言われてはっとする。よく考えれば、国王に向かって失礼だった。

「ご、ごめんなさい。ありがとう……」

「よし」

彼は偉そうに頷くと、侍女に任せて寝室を出ていった。

とにかく彼の指示どおりにしたほうがよさそうだ。エリーゼは夜着に着替え、診察に備えてその上からガウンを着た。

すると、まるでタイミングを見計らったように医師とその助手が訪れる。

医師はしばらく質問をしてから、身体の具合を確かめた。

「どうやらご懐妊ではなさそうですね」

新妻が倒れたと聞いて、医師がまず想像することは妊娠なのだった。特に、夫たる国王がわざわざベッドまで抱いて運んだのだから、そう思われるのも当たり前だ。エリーゼは気恥ずかしくて顔を赤らめた。

「月のものの影響でもなく、お身体に悪いところもございません。ということは、やはり陛下がおっしゃっていた魔法の影響なのでしょうね。しばらくゆっくりお休みになれば大丈夫でしょう」

今になって、疲れを感じ始めている。医師と助手が出ていってから、エリーゼはこのまま休むことにした。

侍女が下がったので、ベッドで目を閉じる。日はまだ落ちていないが、分厚いカーテンを閉めてもらったので、寝室の中は薄暗い。目を閉じていると、すぐに眠くなってきた。

ウトウトしかけていると、誰かが部屋に入ってくる気配があった。

目を開けようとするものの、どうしても眠くて瞼《まぶた》が開かない。その誰かはエリーゼの隣に滑り込んできた。

「えっ」

さすがに目を開けると、そこには上着を脱いだクラウスの姿があった。

「ど、どうしたのっ？」

「おまえが気持ちよさそうに眠っているから、添い寝してやろうと思っただけだ」

添い寝……。

彼はふざけているわけではなく、真面目な顔でそう言っている。エリーゼは呆《あき》れながらも、彼が一緒にいることに安らぎを覚えた。彼と向き合うように体勢を変え、目を閉じる。

彼はエリーゼの髪を撫《な》で始める。心地がいい。しかし、彼の手はうなじから背中にかけて撫で、そのうちに胸も撫で始めた。

思わず目を開けると、彼はしかめ面になる。

「なんで起きるんだ。目を閉じろよ」

「だって……胸を撫でてくるから……」

「撫でたくなるに決まってるじゃないか」

彼はそう言いながら、指で乳首を撫で回し始めた。そうなると、とても眠ってなどいられない。寝ているふりだってできそうになかった。

「やっ……やだ。わたしに休めって……」

「休んでいたから、元気になったんだろ？」

彼は刺激に硬くなった乳首を愛撫《あいぶ》していく。

「あ……ぁ……ん」

「本当に具合の悪い奴が反応なんかするわけない。反応するということは、もう回復したということだ」

彼は自分にそう言い聞かせているのかもしれない。屁理屈《へりくつ》をこねる彼がなんだか可愛くて、思わず笑ってしまった。それに、彼の言うとおりだ。エリーゼの身体はもう目覚めきっていて、このまま何もされなかったら物足りなくて悶々《もんもん》としてしまいそうだった。

まだ日は落ちていないというのに、何をやっているのだろう。そう思いながらも、気がつけば二人は唇を貪り合っていた。

もう止められないの……。

キスするだけで両脚の間が潤んでくる。身体の奥のほうが熱くなり、たちまち理性の欠片《かけら》もなくなっていく。

彼に抱かれたい。彼とひとつになってしまいたい。

深いところで彼と繋《つな》がることで、充足感を味わいたかった。

「んん……ん……っ」

エリーゼは無意識のうちに彼に自分の身体を擦りつけるような仕草をしていた。彼はこちらを宥《なだ》めるみたいに背中を撫でたが、それでは収まりがつかないと分かって、唇を離す。

「……平気か？」

目覚めさせたのは彼のほうなのに、今更ながら体調を気遣っている。嬉しい反面、今は強引にしてほしかった。

「大丈夫だから……」

エリーゼは彼の目を熱っぽく見つめた。本当に熱が出ているみたいに、頭がボンヤリしていて、身体が沸騰したように熱い。

「それなら、向こうを向け」

「えっ、向こうって？」

クラウスはエリーゼの身体を自分とは反対方向に向けた。ちょうど寝返りを打つような感じになったが、後ろから抱き締められてきてドキッとする。背中が彼に包まれている気がして、温《ぬく》もりが伝わってきた。

彼は手を前に回して、エリーゼの夜着の裾をたくし上げる。キスやらなんやらのせいで、裾はすでにまくり上がっていたが、さらに上げられて、下腹部が丸出しになってしまった。

彼は露《あら》わになった秘部に優しい手つきで触れてくる。

「やぁ……ぁん……あんっ」

もうすでに恥ずかしいほど濡《ぬ》れそぼっているのに、彼はさらに煽《あお》ってきた。絶妙なタッチで、彼はエリーゼがどんなふうに反応するのか、もうすっかり分かっているのだ。すぐに愛撫だけでは物足りなくなってくる。

「やっ……もぅ……もう……いいのぉっ……んんっ」

だって、指だけでは足りないから。

そう思いながらも、身体はたやすく昇りつめそうになっている。だけど、それでは嫌なのだ。

エリーゼは腰を振り、一人で身悶《みもだ》えしていた。

「……してほしいのか？」

彼が耳元で囁いてくる。途端に、身体が大げさにビクンと揺れた。

「し、して……ください」

震える声で答えると、彼は指を引き抜いた。頭の中も熱くて、何も考えられない。背後で衣《きぬ》擦《ず》れの音がするから、彼が脱いでいるのだろう。それなら、自分も夜着を脱いでしまったほうがいいのだろうか。

そんなことをボンヤリ考えていると、不意に彼が身体を起こした。振り向こうとする前に、片方の膝に腕を回され、ぐっと上げられる。

「えっ……ああっ……！」

無防備になった秘裂に、彼の硬くなったものが後ろから挿入された。

まだ脱いでもいないのに。乱れてはいるけれど、ちゃんと着ているのに、この状態で彼が入ってくるとは思いもしなかった。

でも……ちゃんと奥まで入ってる。

彼はそのままの状態で、再びシーツの上に横たわった。彼もまた完全に脱いではいない。下腹部を露出しているだけだ。本当にさっきのままで、後ろから抱き締められているけれど、大事な部分だけが繋がっていた。

じんと胸の奥が温かくなってくる。

背中から守られているような気がしてくるのだ。

クラウスはゆっくりと動き始めた。

「はぁ……あっ……あん」

直接的な快感もさることながら、守られている安心感が心地いい。エリーゼは彼の動きに合わせて、少しだけ腰を動かしてみた。

じんわりと広がる快感が腰に響いている。

彼の手がエリーゼの胸を弄《いじ》り始めた。両方の刺激で身体は次第に高まっていく。体温も上昇してきた気がした。

どうしよう。ずっとこのままでいたいなんて思ってしまう。

行為には終わりがあるのが普通なのに。

でも……。

彼と繋がったままで……快感を共有したままでいたい。

だが、彼は一旦身体を離した。そうして、今度はエリーゼをうつ伏せにして腰を高く上げさせ、後ろから再び挿入してくる。

「や……んっ……ぁぁ」

エリーゼは身体を安定させるためにシーツに肘をついた。後ろから何度も突かれて、どうしても甘ったるい声が出る。

いつもより深く入っているのか、彼が突き入れると、痺《しび》れるような快感が生まれる。その痺

れが次第に身体の奥に広がっていくような感覚を覚えた。そして、痺れが甘い疼《うず》きへと変わっていく。

後ろからなんて初めてだけど、初めてのことだから余計に興奮している気がする。自分もそうなのだから、彼も同じ気持ちなのだろうか。いつもより少しだけ激しい感じがするが、決して乱暴というわけではない。痛いわけではなくて、それどころか……。

身体は完全に高まっている。もう頭の中は真っ白になってきた。

「ぁぁ……もうっ……ぁぁぁっ！」

我慢できずに昇りつめる。少ししてから、彼もまた己を手放した。

二人の呼吸音が部屋に響いている。彼は力が尽きたみたいにエリーゼの背中に身体を密着させてきた。

ああ、また……。

温もりが戻ってきた。顔が見えないのは嫌だけど、背中が温かくなるのは好きだ。

何よりも彼のことが好きだから。

愛が高まり、エリーゼも彼を抱き締めたくなった。でも、この体勢では絶対無理で、それだけが少し淋《さび》しかった。

少ししてから、クラウスの身体が離れていく。エリーゼは身体を反転し、仰向《あおむ》けに寝転がる。

彼はエリーゼを見て、ふっと笑った。

「夜着が乱れているぞ」

「あっ……あなたこそ……！」

慌てて身を起こし、まくれ上がった夜着の裾を引っ張った。彼は笑いながら乱れた自分の着衣を直す。きっとこのまま彼は部屋を出ていくのだと思ったのに、エリーゼを抱き寄せると、再び横になった。

「あの……忙しいんじゃ……？」

いつも彼は忙しそうにスケジュールをこなしている。だから、用事がないとなかなか日中に顔を合わせることもなかった。

「今頃は慰問に行っているはずだったからな」

「あ……」

そうだった。今日は彼と行動を共にするはずだったのだ。だから、慰問に行かなかったから、彼のスケジュールも空いているということなのだろう。

「まあ、やることはあるが……今日のところはいいだろう。おまえの傍にいると言ったら、いつもはうるさい秘書官が納得していたから」

クラウスがエリーゼを抱いて寝室まで連れていくのを見た人なら誰でも、国王は王妃を心から大切にしていると思ったことだろう。秘書官もそう思ったから、仕方なく許可したのだ。

実際、わたしも勘違いしそうになったし……。

ううん。大事にはしてくれているわ。たぶん。

愛とかなんとかではなく、エリーゼが役に立つと分かったからなのだ。光魔法の使い手として国のためになりそうだから。

でも、それだけでもいい。

彼の関心が自分にあることが心地いい。彼の関心が得られるなら……大事にしてもらえるなら、役に立てるように頑張ろうと思えた。

「エリーゼ……」

彼はエリーゼの髪を手で梳《す》き、顔を見つめる。口元には笑みが浮かび、優しい眼差しにも見えた。

でも勘違いしちゃダメ。愛されているなんて思ってはいけない。

彼への愛で胸がはちきれそうになっているけれど、それは自分一人の想《おも》いでしかない。

それでも、彼はエリーゼの唇に自分の唇を重ねてきた。

＊＊＊

クラウスはうとうとしかけたエリーゼを抱き寄せながら、腕の中の彼女のことばかり考えていた。

だいたい彼女を休ませるつもりでいたのに、どうしてこうなってしまったのか。けれども、同じベッドに横たわり、温もりを感じていると、つい触れたくなって……。

だからといって、休ませたかったはずの彼女に手を出すのは間違っていたと思う。たとえ、彼女が望んでいたとしても。

エリーゼ……。

こうして身体を触れ合わせているだけで、満ち足りた気分になる。なのに、何故か一方でざわめくものが心の中にあった。

エリーゼは俺のものだ。それは間違いない。

立場的にも、心情的にも。彼女はいつでも俺に従っている。

ただ、それだけでは物足りないものがあるのだ。こんなことを考えるのも嫌なのだが、どうも落ち着かない。

彼女と関わると、いつもの自分ではいられないようだ。今この瞬間も、予定が変わったとはいえ、本当はここでじっとしているわけにはいかないのに。

しかし、彼女は大丈夫だと言ったが、やはり心配だ。目の前で倒れられたとき、神聖教会になんかに連れてくるべきじゃなかったと思ったくらいだ。

いや、頭では分かっている。彼女が光魔法を使えるのだという確信を得たいから、連れていったのだ。確信が得られたのと同時に、大司教からのお墨付きももらえた。そして、大司教や司祭からの彼女に対する忠誠心も得た。

神聖教会と王室は別に対立しているわけではないが、あまり近しい関係ではない。互いに利用して、立場を強固にしているだけだ。手を組んで親密なふりをするときもあれば、対立したほうがいいという場合にはそうすることもある。

が、今回は王の妃が神の奇跡とも言える治癒魔法も含む光魔法の使い手であり、大司教によると『聖女神のいとし子』なのだ。彼らは決してエリーゼに逆らうことはないだろう。王室にとって都合がいいことになってきた。

だから、今日のことはそれでよかったと思うべきなのだ。

でも……彼女があんなふうに倒れるまで力を使うとは思わなかった。力の使い過ぎだとは分かっていても、やはり彼女が目覚めるまで不安だった。瞼が開き、あの純真な瞳を見るまでは、いろんなことを考えてしまった。

本当に……どうして彼女は自分の心をこんなに乱れさせるのだろう。国のこと以外で、頭を悩ませることなどしたくもないのに。

初めて見たときから、彼女の言動には気になるものがあった。小動物みたいで可愛くもあるが、それだけでもない。芯に秘めたものがあるのが分かったからだろうか。

いずれにしても、クラウスは今どうしても彼女の傍から離れたくなかった。

このままこうしていたい。腕に抱き、髪を撫で、優しくキスをしたい。そんな柄にもないことを考えている。

　俺はおかしい。どうしたのだろう。

　こんな小さくかよわい女一人のことで、こんなにも翻弄されるなんて。

　クラウスはふと亡き両親のことを思い出した。二人は本当に仲がよかった。母は下の妹を産んだ後、身体が弱くなった。跡継ぎの男児一人しかいないというのは王権が不安定になるから、側妃を迎えたらどうだと側近から意見されたが、父は頑として断っていた。母を愛していたからだ。そんな二人を見ながら育ったクラウスは、側妃を迎えない父を尊敬していた。

　ところが、母が亡くなってすぐに、父は側妃を娶《めと》った。立場的に仕方なかったというのはある。それは理解していたが、それからが無残だった。父は母を愛していたから、側妃の心などどうでもよかった。側近の意見に従っただけだからだ。

　だから、何人もの側妃を同じ白亜宮に住まわせたのだろう。そこで争いが繰り広げられ、結果的に子供が何人も命を落としても、あまり気にかけなかった。

　心からどうでもよかったのだ。父の心は母の死と共に壊れてしまっていた。

　しかし、クラウスはそうはいかなかった。自分の弟や妹が毒を飲まされたり、事故に遭うのは止めたかった。側妃同士の争いは後ろに控えている貴族同士の戦いでもある。放置していれば、その遺恨が王室にいずれは返ってくるのではないか。クラウスはそれを恐れた。

　まだ十代だった自分がどうにかするしかなかった。まず父の側近を説得し、側近と一緒に父に自分の案をなんとか承諾させた。

父は今の王太后を正妃にしたものの、それもクラウスと側近の案だ。放っておいたらリカルドが殺されそうだったからだ。父は最後まで心を取り戻すことはなかったし、正妃になった女にも関心はなかった。

王太后の性格が歪《ゆが》んだのも無理はない。貴族から王族へと玉《たま》の輿《こし》に乗れたとして、彼女の実家は喜んだだろうが、彼女自身はつらかったかもしれない。もっとも、それはクラウスの想像で、彼女も父のことなどなんとも思っていなかった可能性はある。

いずれにしても、失ったら抜け殻になってしまうような愛なんていらない。クラウスは誰も愛さないとずっと前に決めていた。

だから、エリーゼのことは愛さない。

可愛いと思っているし、大事にするつもりだ。それで十分ではないか。

そんなことを考えながら、彼女の顔を見つめる。

クラウスは奇妙な胸のざわめきを感じていた。

第六章　王太后の涙、そしてドロテア襲来

エリーゼが光魔法の使い手だという噂は、いつの間にか広がっていた。ヴァルト王国だけでなく、大陸全土に広がりつつあるという。

出所は神聖教会だ。どうやら大司教が交流のある国の神聖教会に向けて、手紙を送りまくったらしい。うちの国の王妃様は『聖女神のいとし子』である、と。

そのせいで、エリーゼは多忙を極めていた。

やたらと謁見の申し込みが増えたからだ。けれども、慰問には行くし、クラウスの弟妹達にもよく会いにいった。そんなに長く遊んであげられなかったが、顔を見せるだけでも彼らは喜んでくれた。だから、公務の合間を見て、足繁《あししげ》く通うようにしていた。

時にはクラウスも一緒に。

彼との仲は相変わらずだ。ベッドを共にすることは多く、月のものがあるときも寝室で話をする。彼と二人きりになるとき、エリーゼは心から喜びを感じていた。

彼の気持ちはきっとわたしと違うだろうけど。

でも、冷たい態度を取られないのなら、それでいい。それくらいが自分の望む限界だった。たとえ王妃であっても、世の中には手に入らないものもある。欲張ってみても仕方ないのだ。手の中にあるささやかな幸せで我慢するしかない。

そして、そんな生活を続けていくうちに、この国に来てから半年が過ぎていた。

今年のヴァルト王国は豊作で、貿易も上手くいっているのだという。それを『聖女神のいとし子』のおかげだと思われているらしいが、エリーゼ自身はそんなことは信じていない。教会の宣伝が上手くいっているだけだろう。

今、王都の教会は国内外から人が巡礼に訪れているという。エリーゼを神聖化することで寄付が集まり、王都の商業や国内のさまざまな産業も潤う。確かにいいことかもしれないが、エリーゼ自身は少し困っていた。

王妃として教会へ行くと人が集まりすぎて、大変なことになる。だから、変装して教会で祈りを捧げるものの、たまに司祭達の態度でエリーゼだと気づかれてしまうことがあった。すると、たちまち巡礼に訪れた信心者に囲まれてしまう。

なので、教会へはなるべく早朝に向かうことにしていた。

ただ、病人や重症の患者の治癒には積極的に関わった。クラウスはエリーゼが一度倒れたことを心配していて、治癒に使う力を加減するように忠告してくれるが、今のところあれほどの力を使ったことはなかった。

なんなら、あの頃より光魔法の腕が上がった気がする。

クラウスが力のコントロールをする練習に付き合ってくれたからだろうか。彼はエリーゼをサポートすることには助力を惜しまなかった。

だから、エリーゼはミレート王国での自分を次第に思い出さなくなっていた。

ろくな魔法も使えない、みすぼらしいネズミに例えられる『みそっかす王女』のことを。蔑まれ、嘲られるのが当たり前だと思っていたあのときの自分を。

今のわたしは違うから……。

それはちゃんとした魔法が使えるようになったからではない。『聖女神のいとし子』と言われるようになったからでもない。

わたしの心が強くなったから……。

そして、そう変えてくれたのはクラウスだった。彼のことを考えるとき、愛だけでなく、感謝の気持ちが溢れてくる。彼と結婚していなければ、自分は変わることはできなかった。

そう思うと、家族にこの縁談を押しつけられたことは、本当は幸運だったのかもしれない。

心から、クラウスに嫁いできてよかったと思うのだ。

今日もエリーゼは早起きをして、侍女や護衛騎士と共に神聖教会へ向かった。それはまさに日課のようなもので、司祭達も待ってくれている。

エリーゼは司祭達に挨拶をして、礼拝所に足を踏み入れる。祭壇の前に跪き、いつものように祈りを捧げた。この国の平和とここで暮らす人々の幸せ、それから豊穣を祈る。

祈りを済ませてから、改めて司祭の一人に尋ねた。

「今日はわたしに用事がある方はいらしていますか？」

この教会はたくさんの巡礼者が訪れるようになったが、中には切実に助けを求める者もいる。エリーゼはすべての人に会うことはできないが、本当に治癒魔法が必要な人だけを教会のほうで選別してもらっている。

明らかに放っておいてはいけない人達だけだ。そうしないと、エリーゼは何人もの人と会うことになって、疲労困憊《ひろうこんぱい》してしまう。それはクラウスからの要請でもあった。エリーゼは女神ではなく人間なのだ、と。

司祭は少し躊躇《ためら》いながら答えた。

「その……王太后陛下がお忍びでいらっしゃっています」

「王太后様が？」

エリーゼは眉を寄せた。

「はい、昨夜からお待ちになっています」

彼女なら同じ王宮にいるのだから、教会に来なくても会えるはずだ。たとえばお茶会に招待されれば、立場上こちらから断ることはできない。

それなのに、何故ここで……？

疑問に思ったが、会わないことには彼女の真意は分からない。よほど何かがあったとしか思えない。

「では、案内してください」

司祭は頷き、エリーゼを教会の付属施設の奥へと誘導していく。いつもはもっと手前にある狭い部屋に患者はいるものだが、今日は違う。そういえば、エリーゼが倒れたときに寝かせられていた部屋も、こうした奥まったところにあった。教会だから豪華な設《しつら》えではないが、特別なお客様用ということだろう。

扉をノックし、侍女や護衛騎士を部屋の外に待たせて入る。すると、そこはやはり病室みたいな雰囲気の部屋で、ベッドがあり、誰かが横たわっていた。そして、その傍らにある椅子に座っていたのが王太后だった。

いつも彼女の周りにいるはずのお付きの者は誰もおらず、何故か一人きりだ。

「王太后様……」

エリーゼは彼女に向かってスカートを摘まんで挨拶をした。彼女は青ざめた表情で立ち上がり、ふらふらとこちらにやってくる。いつもの彼女とはまったく違う様子で、驚いてしまう。近づくと、彼女が涙ぐんでいて、憔悴《しょうすい》しきったように肩を震わせているのが分かった。

一体、彼女に何があったの……？

戸惑うエリーゼの前で、彼女はいきなり跪いた。

「えっ、どうなさったのですか？」

「お願い……！　助けて！　あなたならきっとできるはずだから……！」

ドレスにすがりつくようにして、彼女は懇願を始める。エリーゼはベッドに横たわる人に目を向けた。

そこには少女が目を閉じ、じっとしていた。額には濡れたタオルが載せられていて、顔が赤い。明らかに高熱が出ている様子だ。

「あの女の子は誰ですか？」

「……親戚です。親戚の娘です。わたくしがずっと可愛がっていた……」

少女は十歳くらいだろうか。白亜宮にいる二番目に年長の王女と同じくらいに見えた。眠っているのか目を閉じたままだ。可愛らしい顔をしていて、王太后と同じ髪色をしている。親戚だとは聞いたが、王太后がそんなに可愛がっているとは意外に思えた。

だって、彼女は何よりも自分の得になる相手しか大事にしなさそうだから。

それって偏見かしら……？

「治癒魔法を使って熱を下げることはできますが、熱が出た根本の原因を知らないと、安易に熱を下げないほうがいいと思うんです」

「ど、どうして……？　わたくしが憎いのは分かりますけど、この娘にはなんの罪もないんですよ！　今までのことは謝ります。ですから……お願いします！」

王太后は両手を擦り合わせて、なんとか治癒してもらおうと叫んだ。

「いえ、わたしは別に王太后様を憎んではいません。ですから、少し落ち着いて」

そもそも、エリーゼはそれほど彼女にひどいことをされた覚えはなかった。最初の印象はよくなかったし、お茶会に呼ばれたときも馬鹿にしようとしていた。が、どちらもそれほど害があったとは言えない。

ともあれ、エリーゼは王太后を落ち着かせるために椅子に座らせた。改めて少女の顔を覗《のぞ》き込んだ。とても苦しそうに息をしていて、時折、力のない咳《せき》をする。熱のために唇が完全に乾いていた。

「熱が出るのは身体が病と戦っている証拠だそうです。だから、熱を下げる前に病について知っておかないと。お医者様には診ていただいたのですよね？」

親戚の娘というなら、その親がこの場にいないことが不思議だった。具合が悪い娘だけここに運んできたのも不思議だ。王太后に頼まれたなら、エリーゼは少女の家まで出向いただろう。まるで人目を忍んでいるみたいで、彼女が何者なのか気になってしまう。

王太后はか細い声で答える。

「最初は悪寒《おかん》がして熱が出て……だから風邪だと思っていたそうなの。でも、熱がなかなか下がらなくて……。それどころか高熱になるし、意識もないし……。お薬も受けつけないの。お医者様は肺の病だろうと。このまま熱が下がらなければ、もう……」

王太后は涙が堪えきれず、ハンカチで顔を隠した。

眠っているのではなく、意識がないのか。それならすぐに熱を下げなくては危ない。エリーゼはすぐさま少女の手を取り、目を閉じ、頭の中に光を浮かべた。少女の手を通してその光を体内に送り込んだ。

どうかこの娘の身体の悪い部分をすべて治して。

恐らくは肺炎なのだろうが、はっきりしないからそう祈っておく、できれば病巣を特定できたほうが、自分が消耗しなくて済むのだが仕方ない。命が危ない患者に、力の出し惜しみなんかできなかった。

目を開けると、少女の手が動いた。

「ああっ……マルグリット！」

王太后がエリーゼを押しのけるようにして少女を抱き締める。少女がうっすらと目を開けて、乾いた唇で囁いた。

「お……かあ……さま……」

えっ、お母様って？

最初は意識を回復したばかりだから、少女が勘違いしたのかと思った。だが、どう見ても二人は親子みたいな抱擁をしている。王太后は我が子を心配する母親そのものだったし、何より少女の顔は王太后やリカルドとそっくりだ。

彼女は本当に王太后の娘なの……？

でも、何故隠しているの？

エリーゼは気を取り直して、少女に尋ねた。

「気分はどうかしら？　どこか痛いところはある？」

少女がきょとんとしているので、王太后が彼女に話しかける。

「このお姉さんはあなたを助けてくれたの。聞いたことがあるでしょう？　聖女神のいとし子と呼ばれる人……」

少女の顔はぱっと明るくなった。

「エリーゼ王妃様ですね！　わたしを助けてくださったなんて……光栄です」

「ううん。助けられてよかったわ。それで、今の具合はどう？」

「もう頭も痛くないし、呼吸も楽にできる。咳も出ないし、スッキリした気分です」

「それならよかったけど……。もし後で何かあったら、すぐに教えてね。……王太后様を通して教えてくれたら、駆けつけるから」

二人の関係がはっきり分からないし、少女がどこに住んでいるかも知らないので、そういう言い方になった。少女はさっき自分が洩《も》らした言葉を思い出したのか、さっと顔を曇らせて王太后のほうをそっと見つめる。

王太后は小さく溜息をつき、少女に笑顔を見せた。

「大丈夫よ。わたくしはあなたが元気になってくれたら、それでよかったの」

「はい……王太后様」

少女がぎこちなくそう言った。彼女が王太后の娘で、理由があって隠された存在だとしたら、そんな呼びかけは使いたくないだろう。エリーゼは切なくなって胸が痛んだ。

「わたしはもう王宮に戻りますから。王太后様はごゆっくり親戚のお嬢様と過ごされてください。では……」

「待って！」

王太后は立ち上がって、エリーゼの手を両手で握った。

「本当にありがとう。わたくしの……大事な娘を救ってくれて」

彼女は真剣な眼差しでまっすぐこちらを見つめてきた。少し緊張しているように見える。

「……いいえ。命の危険がある人はどなたでも、わたしのできることはしますから」

「あなたって……」

何か言いかけて、彼女はふっと自嘲めいた笑いを洩らした。

「秘密を打ち明けたというのに、どうして知らんふりをするのかしら。わたくしに訊《き》きたいことはあるでしょう？」

「ええ。でも、今は訊きません」

マルグリットがいるところでは話しにくいのではないかと思った。そんなことより病み上がりの彼女のことを気遣ってあげてほしかった。

「分かったわ、またいずれ話しましょう」

「はい。では……」

エリーゼは優雅に礼をして、その部屋を後にした。

王太后の秘密……。

別に知りたいわけではなかった。だけど、知ってしまった以上、真実を聞いてみたい。マルグリットは王太后の娘。ということは、先王の娘。つまり王女だ。どうして存在を誰も知らなかったのだろう。

側妃が集められていた白亜宮では、確かいろんなことが起こっていて……。

そのことを思い出すと、なんだか胸が締めつけられるような気がした。


王太后がエリーゼを訪ねてきたのは、その日の午後のことだった。

エリーゼは執務室で書類仕事をしていたときだったが、王太后に割く時間はある。彼女にソファを勧め、侍女にお茶の用意をさせる。朝見たときは憔悴した顔だったが、今は持ち直していた。涙も溜《た》めてはいない。

最初は無難な挨拶をしていたが、お茶の用意ができてから、エリーゼは侍女に席を外すように促した。侍女が去り、二人きりになったので、本題に入ることにする。

「……彼女の具合はどうですか？」

「今のところ大丈夫なはずよ。あの娘は王都にいる親戚の屋敷で面倒を見てもらっているの。わたくしは週に一度は会いにいくようにしていたけど、先週行ったときには元気だったのよ。熱が出たという連絡を受けてから、いい医者を派遣して、高価な薬を届けて……。いつもはそれで元気になっていたから大丈夫だと思っていた。でも、今回はそうじゃなかった。あの娘の命が危ないと聞いて、もうあなたに頼る以外ないと思ったの」

「わたしが早朝に教会へ行くことはご存じだったんですか？」

　彼女は頷いた。

「この王宮で起こることはなるべく把握するようにしているから……」

　クラウスと同じだ。そうやって暗躍する人がこの王宮には多いのだろう。怖いと思う反面、そうしないと生き残れなかったのかもしれないとも思う。どちらかというと、呑気《のんき》に暮らしてきた自分がおかしいのかもしれない。

「それで……マルグリット嬢は王太后様のお嬢様……ということは王女様なのですよね？」

「ええ、そうよ。本来ならそうだった。でも、あの頃のわたくしはただならぬ状況に追い込まれていたのよ」

　エリーゼは白亜宮にいた子供達のことを思い出す。

「側妃の勢力争いで……？」

「そう。本当にひどかった。妊娠すれば、いつも流産の危険があったし、誰もが神経を尖《とが》らせていた。生まれても無事に育つとは限らない。王位継承権を持つ王子はもちろん、王女であっても報復の手段として命を脅かされることがあったの。側妃にはそれぞれ実家の後ろ盾があったから、自分が直接手を下さなくても、気がつけば他の妃の子供がいなくなっている。当時の陛下や側近に訴えても何も改善されなかった」

まさに壮絶な足の引っ張り合いがあったのだ。先王には会ったことはないが、一体どうしてそれを放置していたのか理解できなかった。

「白亜宮でそういうことがあったことは聞いています」

そんな状況を自分にはとても想像できない。だから、下手な慰めを口にはできなかった。

「わたくしは二度流産して、生まれた子供を一度亡くしているわ。だから、マルグリットを授かったとき、父にお願いして実家に帰らせてくれるよう頼んだ。父がなんとか裏で話を通して、静養を口実に実家に帰り、そこで出産した。でも、生まれた子供は白亜宮で育てるという規則があった。王子や王女だから当たり前のことだけど、それだと生き残れないかもしれない。だから……死産ということにしたの。生きていない子供なら連れて帰る必要はないから……」

そう言いながら、当時のことを思い出したのか、彼女ははらはらと涙を流した。

白亜宮に今いる子供達は母親に見捨てられた子供達だ。王宮で働きながら子供達と一緒にいるか、慰労金をもらって出ていくかという選択肢を与えられ、全員が出ていくほうを選んだという。

しかし、王太后は我が子に愛情があったのだ。クラウスによると、他の側妃の子の殺害に関与した疑いはあったようだし、後ろ暗いことをしていなかったとは言えないだろうが、それでも我が子を大事に思う気持ちだけはあったわけだ。


「マルグリット嬢は王太后様をお母様だとご存じなんですね」

「ええ。親戚の養女にするのが一番だと分かっていたけれど……どうしても……」

相当の愛情を抱いているのだろう。リカルドに対しても過保護なところがあったが、それは彼が政治の道具になる『王子』だからだと、エリーゼは思っていた。

でも、そうじゃないのね……。

彼女は愛情深い人なのだ。だとしたら、もしかしたら先王にも……？

それはもちろん分からないけれど。心の奥底までは覗《のぞ》けないし、覗くべきでもない。

「リカルド王子の場合はどうだったんですか？　ご実家で出産されて……？」

「ええ。でも、王女のときは王宮から派遣された医師や助手をお金で抱き込むことができたけど、さすがに王子の誕生はすぐに先王陛下に知らされてしまったの。いよいよ白亜宮に戻らなくてはいけなくなったときに……クラウス陛下が訪ねてきた」

「クラウスが？」

「彼が……ゆりかごに眠るリカルドを見て、言ったのよ。『陛下が褒美をやると言っているが何が望みだ』と。だから、わたくしは訴えたの。このままでは王子は殺されてしまう。だったら、いっそ死んだことにしてほしい。実家で育てるからと……。それを聞いた彼はわたくしを白亜宮ではなく、本宮の中に招き入れてくれたの。そして、他の側妃にもそれぞれ住まいが与えられた。白亜宮みたいな豪華な宮殿ではなかったけれど、みんなほっとしたと思うわ。それでも事故や何かが起こらないように、わたくしはあちこちに手の者を送り込んで、必死で情報を得て、リカルドを守ったものよ」

エリーゼは今まで王太后に対して抱いていた感情が変化していくのに気づいた。クラウスは彼女のことを強《したた》かだと評した。だから正妃になれたのだと。けれども、彼女は懸命に子供を守り、育ててきたのだ。政治の道具としてではなく、愛《いと》しい我が子を守る親として。

もちろん彼女の後ろ盾だった実家は、また違った思惑で動いていたのかもしれないが。

彼女の訴えによってクラウスが動き、結果として子供達の命が守られたのだ。そうでなければ、白亜宮にいる多くの子供達もリカルドもこの世にいなかった可能性がある。

「本宮では白亜宮にいるときよりも待遇がよくなった。王子だからだろうけど、リカルドのための予算がついて、周りも第二王子として褒めそやした。それが実績となって、わたくしの実家が先王陛下を説得して、ついに正妃になれた。でも……」

彼女はふと目を落とした。テーブルの上には口がつけられていないお茶がある。

「名誉は得られたし、リカルドの安全も前よりずっと守られるようになった。わたくしは他の側妃に勝ったと思ったわ。だけど、先王陛下はわたくしのほうは見ていなかったし、リカルドにも関心がなかった。前の王妃ではない女が正妃の座についたのが許せなかったのね。側妃にはまだ子供を産ませたけれど、わたくしにはもう……」

そういえば、クラウスが前に言っていた。先王は前王妃だけを愛していて、側妃のことはどうでもよかった、と。なんなら息子のクラウスにも関心がなかったのだ。

さんざん苦しい思いをして正妃となったのに、夫に顧みられなくなった。そのとき、彼女の世界には子供しかいなくなったのかもしれない。

「マルグリットが生まれたときに、どうしてもっと主張しなかったのだろうと後悔したわ。あのとき死産したなどと嘘《うそ》をつかずに、正攻法で訴えれば、今頃リカルドの姉として王女として過ごせていたのに……と」

「でも、王太后様は危険を冒せなかったのですね。マルグリット嬢が元気に育つことを優先された……」

彼女は頷いて、カップを手に取った。そして、少し冷めたお茶を口にする。そして、エリーゼをまっすぐに見つめてきた。

「あなたは羨ましいほどクラウス陛下に大切にされているわね。あなたの実家は何も手助けしないのに、クラウス陛下が徹底的に守っている」

「それは、わたしが……光魔法を使えるから……」

「その前からそうだった。わたくしはちゃんと知っているの」

彼女は今も王宮の情報を集めているということだ。どこに彼女の手の者が紛れ込んでいるか分からない。

「正直言って、わたくしはあなたのことを警戒していたわ」

「え、でも、わたしは……」

決して警戒されるような人間ではなかったはずだ。

「クラウス陛下は即位してから、貴族の権勢を削《そ》ぐことに注力したの。もちろんわたくしの実家も力を失った。だから、王太后なんて名前だけ。もしあなたがあの側妃達みたいな人なら、わたくしやリカルドを罠《わな》にかけるんじゃないかと思ったの……」

「ええっ？　罠に……なんて！」

そんなことを考えたこともない。エリーゼは仰天してしまう。王太后はその表情を見て噴き出した。

「あなたがそういう人だから、クラウス陛下も守りたくなるのかもね」

笑われたけれど、嘲笑ではなかった。だから、エリーゼはほっとする。王太后とは公の場以外で顔を合わせる機会も少なかったし、嫌われていても仕方ないとは思っていたが、好んで嫌われたいとも思っていない。

「だからね……わたくしもあなたを守ることにするわ」

　彼女は思いがけなくそんなことを口にした。

「王太后様が……？」

「マルグリットのことで借りがあるわ。それに、娘だと知られてしまったから、口止め料の代わりよ」

　彼女はやはり我が子のことが愛しくて仕方ないのだろう。マルグリットのために、エリーゼに助力を申し出ているのだ。

「マルグリット嬢のことは決して口外しません。でも、王太后様がクラウスに打ち明ければ、なんとかしてもらえるかもしれない……」

　彼女が王女だと認めてもらい、その立場にふさわしい待遇が受けられるかもしれないと思うのだ。クラウスならやってくれるのではないだろうか。

　王太后は首を横に振った。

「わたくしは嫌よ。危険は冒さない。マルグリットを守りたいけれど、リカルドも守らなくてはならない。それに……王宮で育つのはいいことばかりじゃないわ。人目に晒《さら》されて、勝手な悪口を言われることもある。娘をそんな目には遭わせたくないの……」

　確かにエリーゼ自身も王女として育ったが故に、たくさんの人の嘲笑の的になった。彼女の言い分も理解できた。

いずれにしても、わたしが口出すことではないし……。

クラウスがいいように計らってくれると思うのも、彼がエリーゼによくしてくれているからだ。王太后の娘を無下には扱わないだろうが、王太后自身にはどうだか分からない。彼女が不安に思うのも当たり前だ。

いずれにしても、マルグリットのことをどうするのかは彼女に決める権利がある。エリーゼは口を出さないことにした。

「分かりました。とにかく誰にも言いません。でも、またわたしもマルグリット嬢に会いたいです。元気になったところを確認したいから」

それを聞いて、彼女の顔がぱっと輝いた。

「それなら、また教会へ連れていくわ。ぜひ会ってやって。『奇跡の女神』が自分の病気を治してくれたって有頂天なのよ」

「え……『奇跡の女神』って……わたしのことですか?」

「今の流行の呼び名よ」

そこまで持ち上げられると、もう自分のことではない気がした。『聖女神のいとし子』だけでも微妙な気持ちになっていたというのに、呼び名だけが出世したいみたいだ。

王太后は用意されていたお菓子を手に取った。

「全部話したら、胸のつかえがすっきり取れたわ!」

「あ……じゃあ、新しくお茶を淹《い》れますね」

エリーゼは侍女を呼び、ぬるくなったお茶を新しいのにしてもらう。話題は深刻なものから、日常のことに変わった。

彼女は王妃の公務について詳しいはずだ。いつか彼女に相談してみたいと思っていたことがあったが、今まで機会もなかった。なので、せっかくだからと助言を求めてみる。

「ああ、それなら、女官長に指示したほうが早いわ。大臣に話を持っていっても全然進展しない。男は融通が利かないの」

「なるほど。そうなんですね」

大臣と話しても、エリーゼの意見など聞く耳を持たないのだ。自分の力が足りないのかと自信をなくしていたが、なんのことはない。元々、大臣クラスの男性は融通が利かないのだろう。

「何かあればクラウス陛下に言いなさいな。そうしたら、大臣だって態度を変えるから」

「え、それは……」

王太后はケラケラと笑った。気を許したら、こんな楽しそうな笑い方もする人だったのだ。

彼女は壮絶な目に遭い、悪いことにも手を染めたかもしれないが、基本的に悪い人ではないのだろう。いや、そんなに簡単に思い込むことこそが、エリーゼの世間知らずなところかもしれないが。

でも、今の王太后は嫌いじゃないわ。

「真面目ねえ。でも、本当のところ、クラウス陛下はずっとあなたの周囲を見張っているから、何もかも知っていると思うわ」

「それなら、彼が手助けしないのは、わたしが成長するのを待っているということでしょうか」

「見守っている、のほうが正しいのかもしれないわね。あなたは……本当に羨ましい人よ」

王太后はしみじみとそう言って、次のお菓子にまた手を伸ばした。

彼女とこんな会話をしながら、お茶を飲む日が来るとは思いもしなかったが、近い関係でいがみ合うのは嫌だったから、このほうがいい。

それに……なんとなく義理の姉ができた気分で……。

正しくは義母なのだが、彼女はまだ若い。義姉という感じだ。本物の姉よりずっと近しい間柄になりそうで、なんだか嬉しい。

やがて王太后は笑みを浮かべて、退出していった。ひょっとしたら彼女も本音を言えない相手ばかりで気を張っていたのかもしれない。自分も王妃という立場では、クラウス以外には本音などあまり口に出せない。

王太后の訪問のことは、クラウスももう情報を得ているだろう。教会でのことも知っているだろうし、いろいろ訊かれるのだろうか。

マルグリットのことは話せないから、少しだけ嘘を言わなくちゃ。

できれば彼には本当のことを言いたいが、今回ばかりは仕方ない。

エリーゼはぼんやりとクラウスのことを考えながら、再び執務に戻った。


それから一ヵ月も経《た》たないうちに、エリーゼは衝撃の情報をクラウスから知らされた。

執務室で書類に取り組んでいるときに、めずらしくクラウスが訪ねてきたのだ。最近は特に忙しくて、予定されていた公務以外で昼間に顔を合わせることはほとんどなかった。

クラウスはソファに腰を下ろしたが、エリーゼがテーブルを挟んだ向かい側に座ろうとすると、止めてきた。

「おまえはこっちに座れ」

こっちというのは、彼の隣だ。エリーゼも彼に寄り添うのが好きだから、喜んでそちら側に座った。侍女には席を外してもらったから二人きりだし、誰の目も気にしなくていい。

彼はお茶を少し飲み、それから顔をしかめながら話を始めた。

「おまえの姉がこちらに訪問したいと言ってきたぞ」

「お姉様が……どうして？」

毎日忙しいので、ドロテアのことなんてすっかり忘れていた。

でも、どうして今更訪ねてくると言っているのだろう。彼女はここに嫁ぐのが嫌で、エリーゼに縁談を押しつけたというのに。

「ミレートにもおまえの噂が広まっているらしい。病も治せる光魔法の使い手として覚醒したと。それで、自分の病を治してほしいとさ」

「……お姉様、病気になったの？」

彼は肩をすくめた。

「俺の縁談を断った口実があっただろう？　病弱だとかなんとか」

「あ……」

そういえばそうだった。しかし、当のクラウスにも口実だとバレているのか。ドロテアは嘘とバレていないと思っているから、堂々と病を治してほしいと言ってくるのだろう。

わたしはお姉様が病弱ではないと知っているのに。

どれだけ舐《な》められているのか。しかし、ミレートでのエリーゼはドロテアに馬鹿にされっぱなしで抵抗もできなかったのだ。今もそのままだと思われていてもおかしくない。

「でも、本当の目的はなんなのかしら」

「さあな。だが、目的もなしに来るとは思えない。おまえと接触して、何かを得ようとするのか……。ミレートの王宮では特になんの動きもないが、少し気になることがある」

彼は国内のことだけでなく他国へも間諜《かんちょう》を派遣して、あれこれ情報を探っている。ミレート王宮での出来事だって、よく知っているだろう。

「何が気になるの？」

「ヴァルトの農作物の収穫量は増えたが、一方ミレートは収穫量がかなり減っているんだ」

それは不思議だ。今までは逆だったはずだ。ヴァルトが今年豊作だったことは知っていたが、ミレートが不作だったとは思わなかった。

「調査書が送られてきたが、ヴァルトの豊作は原因不明だ。ミレートでは天候の様子が今までと違う。俺は……原因はおまえじゃないかと思っているんだが」

「わ、わたし？　まさかわたしが何か無意識にしちゃったとか？」

国民の幸せを祈っただけで、周りにいた人の怪我が治ったことがある。そんなふうに無意識に、ミレートに呪いでもかけたのではないかと心配になった。

「ヴァルトの豊作はそうだと思う。おまえはいつも毎日、教会へ行って祈りを捧げているだろう。それも国の繁栄に関わることを」

「ええ……そうだけど」

「そして、以前はミレートでも同じことをしていたんだろう？」

「そういえば……。でも、まさかわたしにそんな力があるわけないわ。きっと偶然よ」

国の豊作や天候を左右するような大きな力が自分にあるとは、とても思えない。ミレートでそんな力が仕えたのなら、萎《しお》れた花を再生させる以外のことができたはずだ。

「もしくは……おまえが本当に『聖女神のいとし子』だったとすれば……？　豊穣の女神がお

まえのいる国を豊かにしてくれているのかもしれない」

それもまさかと思ってしまう。

けど……この世界に生まれる前に神様が何か贈り物をくれると言っていたわ。その贈り物が『それ』だったら……？

そう考えると、あの神はリアンガイナだったのだろうか。

エリーゼは首を振った。

「ううん。やっぱり偶然だと思うわ……。ヴァルトが豊作なのは嬉しいけど、ミレートの国民を苦しめたくはないもの」

王族や貴族はエリーゼを馬鹿にして苦しめてきたが、庶民は違った。不作となると、まっさきに害を被るのは庶民なのだ。彼らを苦しめるようなことは、絶対にしたくない。

ただ、エリーゼが国を移動したことで『結果的にそうなってしまった』のなら、自分にはどうすることもできない。それはもう神の領域の話だから。

でも、わたしにそこまでの力があるとは思えないんだけど。

「ああ……そうだな。どうやらおまえを慕っていたミレート国の住人は、続々とこちらに移住してきているらしいぞ」

「まあ、移住なんて大変でしょうに」

とはいうものの、農地を持たない農民は伝手《つて》があればどこでも移動できるし、商人も移住はともかく国を跨《また》ぐことぐらいは平気だ。手先が器用なら、工芸品を量産しているヴァルトでは歓迎されるだろう。鉱石を掘る仕事にはスキルも必要ない。

よくよく考えると、移住したとしても仕事はあるだろう。

「おかげで国は潤っている。たくさんの人間が巡礼に訪れることで金が動く」

「この国の繁栄に繋がることなら、なんでも嬉しいわ」

それが自分のおかげだと言われると、なんだかくすぐったいが、この国に役に立つ王妃になりたいという願いが叶《かな》って嬉しかった。

「だから、おまえの姉がやってきて何をしようが、おまえは心配しなくていい。誰もがおまえを守ろうとするだろう」

彼はそう言いながら、エリーゼを守ろうとするように肩を抱いてきた。彼にこうして包まれるように肩を抱かれるのは大好きだ。

「わたしもこの国に来たときに比べれば、ずいぶん成長したから……」

大丈夫、とは言い切れないが、やはり昔の自分ではないのだと思う。それに、自分はこの国の王妃なのだ。仇敵《きゅうてき》みたいな姉であっても、隣国の王女でしかない。クラウスが教えてくれたように、胸を張って前を見ていれば大丈夫だと思いたかった。

「そうだな。おまえは成長した。ただ、おまえの姉は要注意人物だ。俺はおまえを守るし、おまえは俺を信じてほしい」

エリーゼは頷いた。彼を信じることはたやすい。というより、いつだって彼を信じてきた。

「そういえば……新しい侍女が来たようだな」

「ええ、レイアね。エイディーン伯爵夫人のお嬢さんよ」

王太后と仲良くなったので、レイアを侍女にしたいという話をエイディーン伯爵夫人にしてもらったのだ。レイアは喜んで王宮勤めをしてくれている。

「王太后の取り巻きだろ。最近はあの女と仲がいいみたいだが……」

彼は王太后を『あの女』呼ばわりをする。が、側妃同士の壮絶な争いを外側から眺めていれば、そういう気持ちになるのも分かる。

「王太后様の親戚のお嬢さんの病を治してから、信頼してくださるようになって」

マルグリットが王太后の娘だということは、今も秘密にしている。クラウスに嘘はつきたくないが、自分の秘密ではないのだから仕方ない。

「あの女は信用ならないが、今はあまり力がないからな。まあ、ほどほどに付き合ってくれ」

「ええ、分かっているわ」

彼の心配も理解できる。いつかは彼女が我が子に向ける愛情がどれほど強いのかを分かってくれればいいと思うが、分かったところで、彼の警戒心は解けないだろう。

「それで、姉の訪問はいつなのかしら？」

「三週間後だそうだ」

思わなかった。

「え、早すぎないかしら」

隣国の王女だから国賓待遇になる。こちらの準備もあるのだ。そんなに早くやってくるとは思わなかった。

「早くおまえに会って、病を治してもらいたいそうだ」

「そう……」

エリーゼは眉を寄せた。

できればドロテアには会いたくない。今の自分は違うと思いつつも、彼女と顔を合わせたとき平静でいられるかどうかは分からない。

でも……断るわけにもいかないわね。

どうせ会うのなら、嫌なことはさっさと終わらせたほうがいいだろうし。彼女の目的も気になる。モヤモヤする気持ちを抱え続けるより、ケリをつけたほうがいいに決まっている。

「分かったわ。なんとか準備をするから」

ヴァルト王宮への受け入れ準備を指揮するのは自分だ。式典については大臣が担当することだろう。だから、自分はドロテアの部屋を整えたり、食事のメニューを検討したり、もてなしの企画を練ることになる。

「あまり無理するなよ。相談する相手はいるから、一人で何もかもやろうとするな」

彼はエリーゼが張り切り過ぎないように気遣ってくれる。エリーゼはそれが嬉しくて、彼の首に腕を絡めた。

「ありがとう……。そうするわ」

囁くように言うと、彼はふっと笑う。

「いい子だ」

彼はゆっくりとエリーゼに口づけをした。こうして彼の腕の中にいると幸せを感じる。

この幸せがいつまでも続くように……。

エリーゼは彼のキスを受け入れながら、ぼんやりする頭でそう思った。


いよいよ今日はドロテアがやってくる日だ。

エリーゼは早朝から緊張していた。午後になり、ミレート一行が王都に入ってきた報告を受ける。他の国の使節とは違い、自分の姉がやってくるのだ。知らんふりをするわけにもいかず、宮殿の前で出迎えた。

エリーゼの傍には宰相がいる。官吏や女官、近衛騎士など、たくさんの人間が出迎えの場にいた。彼らにもそれぞれ役割があるからだ。

王宮の門から、まず煌びやかな制服を身に着けたたくさんの王宮第一騎士団が馬に乗って入ってきた。第一騎士団は近衛騎士団と同じく王族を守る騎士達で構成されている。エリーゼが嫁いだときについてきたのは第二騎士団だったことを思うと、やはりドロテアは大事にされているのだろう。

騎士の馬の列に守られて、金色の装飾がたくさんついた白い馬車が宮殿の前に停《と》まる。騎士団の団長が馬車の扉を恭しく開けると、そこからドロテアが降りてきた。

長旅であっただろうに、彼女は疲れなど見せない。美貌に笑みをたたえて、まるで女王のようだった。ドレスもくたびれておらず、髪の一筋も乱れていなかった。

彼女の堂々とした姿に、エリーゼのコンプレックスが刺激される。『みそっかす王女』と呼ばれていた頃に、たちまち引き戻されてしまった。

いや、自分はもうヴァルト王国の王妃だ。国の代表として、卑屈な態度など取るわけにはいかない。

「お姉様、ようこそいらっしゃいました。ヴァルト王国を代表して歓迎いたします」

そう言いつつも、エリーゼは彼女に頭を下げたりしなかった。もちろんスカートを少し持ち上げて、挨拶することもない。それは目上の人への挨拶であって、目下への挨拶ではない。彼女は姉だが、王妃である自分より下の立場になるのだ。

ドロテアはエリーゼの様子に一瞬苛立《いらだ》ちを見せたが、すぐに魅力的に笑顔を見せると、いきなり抱きついてきた。

突然の行動に、エリーゼを守る護衛騎士は警戒を露わにする。が、二人が姉妹ということもあり、割って入るということはしなかった。だが、非常識な行動であることは確かだ。

「ごめんなさい。つい懐かしくて……。可愛い妹に他人行儀な挨拶はしたくなかったの」

可愛い妹なんてとんでもない。懐かしさなんて互いに感じていないというのに。だが、いつもドロテアはそうやって周囲に笑顔を振りまき、さも自分が愚かな妹を大事にしているという演技をしていた。

そうだった。ドロテアはそんな人だ。しばらく離れていたから、彼女の狡猾《こうかつ》さを忘れかけていた。

「お姉様、ここは別の国ですから。そして、わたしはこの国の王妃なのです。以前とは立場が違うのですよ」

エリーゼは勇気を出して、彼女を諫《いさ》めた。が、それに対して彼女は涙ぐんでみせる。

「そうよね……。今はもうあなたは王妃様ですものね」

彼女は目上の相手にする挨拶を優雅にしてみせた。自分が意地悪でそう仕向けたみたいで、なんだか後味が悪い。傍にいる宰相や官吏などは自分の味方だとは信じているが、彼らにどう見えているかが気になった。

エリーゼは宰相をドロテアに紹介した。彼は彼女の美貌に目を奪われているようで、やたらと褒め言葉を乱発していた。

「……では、お姉様、お部屋にご案内しますので。長旅でさぞかしお疲れになったことでしょう。国王陛下への謁見の前に、しばらくお身体をお休めになられてください」

エリーゼは女官長や侍女長と共に、ドロテアとその侍女の一行を特別貴賓室へ案内した。国賓が泊まる部屋で、この国の王族の部屋と同等の豪華さがある。部屋に案内するのはエリーゼでなくてもいいはずだが、ここはやはり姉妹なので、女官長や侍女長に任せっぱなしというわけにはいかない。

「こちらですわ、お姉様」

女官長が開いた扉の中へとドロテアを誘った。彼女は小さくふんと笑う。

「飾りっ気がないのね。この国じゃこんなものかしらね」

囁き声だったから、他には聞こえていない。いや、もし誰かに聞こえていたら、エリーゼのほうが困っていた。妹が嫁いだ国の悪口を言う姉なんて、恥ずかしい存在だからだ。

エリーゼは控えていた数人の侍女を彼女に紹介した。

「こちらの侍女がご案内やお手伝いをいたしますので、どうぞごゆっくりお寛《くつろ》ぎください。謁見の時間は改めてお伝えしますが、謁見に続いて歓迎会を兼ねた晩餐会という予定に変更はございません。では……」

後はもう自分は下がっていいだろう。エリーゼは特別貴賓室から足早に離れた。

やっぱり緊張してしまう……。

王妃らしく振る舞おうとしているのに、どうも上手くいかない。ドロテアが何を目的にこの国へ来たのか分からないが、一刻も早く帰ってもらいたい。

でも、予定は一週間なのね……。

エリーゼは早くその一週間が過ぎてくれることを願っていた。


謁見については、エリーゼが初めてクラウスと会ったときと同じ手順で行われた。

とはいえ、彼女に付き添ってやってきた近衛騎士や侍従、侍女の数はエリーゼのときよりはるかに多く、謁見室に呼ばれたのはドロテアと彼女に随行してきた高官数名のみだった。

エリーゼは壇上のクラウスの隣に座っていた。国王と王妃が隣国の王女を迎えるという構図だ。

謁見室の扉が開き、赤い絨毯の上をドロテアが堂々と歩いてくる。ドレスアップしていて、さっきよりはるかに美しい。思わずエリーゼは玉座に座るクラウスの横顔を見てしまった。彼はなんの表情も浮かべていなかったが、エリーゼを迎えたときみたいに不機嫌な様子ではなかった。

それどころか、やや柔らかい表情で……。

そういえば、エリーゼを迎えたとき、彼は剣を持っていたが、今は持っていない。いや、隣国の客人を迎えるときに剣を持つはずがないのだが。

じゃあ、わたしのときはなんだったの？

なんとなく自分だけが差別されていたような気になり、ついつい落ち込んだ気分になってくる。もちろんそんな気分を顔に出すわけにはいかない。泣きたいなら、自分の部屋に戻ってからだ。今はにこやかに笑みを浮かべなくては。

しかし、どうも顔が引きつってしまう。

だって、わたしはドロテアなんて全然好きじゃないんだもの。

ミレートにいたときは、その感情を心の奥に閉じ込めていた。美貌の賢い姉を嫌うなんて、許されなかったからだ。

でも……彼女はいつだってわたしを馬鹿にしていたわ……。

魔法で大怪我させられそうになったことだってある。そんな相手を好きになれるはずがなかった。彼女もエリーゼに好かれているとは思っていないはずだ。

それならなおさら、彼女はどうしてこの国へ来たのだろう。妹に頭を下げなくてはならないのは、屈辱ではないのだろうか。

そんなことを考えているうちに、ドロテアは華やかな笑みを浮かべて、優雅に挨拶をしていた。見惚《みと》れるほどの美貌だ。顔だけでなく、スタイルもいい。小柄なエリーゼとは違い、手足も長く、背が高い。まるでモデルみたいだ。

クラウスが彼女に話しかける。

「妃に病を治してほしいという要望があったと思うが、あまり具合が悪そうに見えないな」

確かにそうだ。輝くばかりの美しさを見たら、すぐに治してもらいたい病を患っているようには見えなかった。

「……化粧で顔色を隠しておりますの。第一王女として人前に出なくてはならないことが多いもので、病を隠すのは得意ですのよ」

どうあっても、病気設定は変えないつもりらしい。もしかして、本当に病気になっているとか……。が、彼女のエリーゼに対する態度やヴァルトへの悪口を思い出すと、病気は嘘としか思えなかった。

問題はどうして彼女が嘘をついてまで、ここに来なくてはならなかったということだ。

「もし病でなかったなら、素晴らしい縁談をいただいたときに喜んで嫁いでいました。あのときのことは本当に申し訳なく思っています。ですから、妹がわたしの病を治せるのなら、これからの両国の友好のために、ぜひとも力になってもらいたいのです」

ドロテアの言葉に呆れてしまった。彼女はクラウスが冷酷な国王だと聞いて、そんな相手と結婚するのは嫌だと言ったのに。

代わりに嫁いだエリーゼを前にして、どうしてそんなことを口にできるのだろう。そもそも彼女の病を治すのが両国の友好のためだなんて、まったく意味不明だ。彼女が病気だろうが、元気だろうが、ヴァルトにとってはどちらでもいい。

いや、彼女が病気なんて嘘に決まっているが。

クラウスが何か言い返してくれるかと思ったが、彼は軽く頷いただけだった。彼の眼差しはずっとドロテアの顔に向けられている。

え……まさか。

彼はドロテアと会って、わたしより彼女のほうがいいと思ったのでは……？

そんなまさかと思いつつも、疑いは晴れない。あの美貌を見た人なら誰でも……特に男性はすぐに惹《ひ》きつけられてしまうし、彼女の優雅な物腰に目を奪われてしまうのだ。

クラウスがそうじゃないなんて言い切れない。間諜から情報を聞いていて、彼女がどんな女性なのか知っているようだったが、本当のところは体験した者でしか分からないこともある。エリーゼがドロテアにされたことを、彼に詳しく伝えてはいなかったことを今になって思い出した。

急に不安に襲われる。もし嫁いできたのがエリーゼでなく、美貌のドロテアだったらと彼が思うようになっていたら……。

気がつけば謁見の時間は終わり、一旦、彼女は退出していった。

「……大丈夫か？」

彼に手を握られて、そちらに顔を向ける。エリーゼはいつものように笑顔になれず、怯《おび》えた眼差しを彼に向けた。

「どうした？　怖気《おじけ》づいたか？」

「だ、大丈夫……よ」

ぎこちなく笑ったが、心の中は嵐のような風が吹き荒れていた。

少ししてから晩餐会が行われた。まずクラウスがドロテアをエスコートして晩餐会のホールへ向かう。長身のクラウスに、女性にしては背が高いほうであるスタイルのいいドロテアはよく似合っていて、エリーゼは胸の奥にモヤモヤとするものを感じた。

二人は美男美女だし……。

銀髪と金髪というのも似合う要因のひとつでもあった。エリーゼは小柄だし、赤毛だ。クラウスの隣にはドロテアのような女性のほうがふさわしいのではないかと思ってしまう。

もちろん、そう思いたくはないのだが、二人が並ぶとついついそんな悲観的な考えが浮かんでくるのだ。

ドロテアは笑顔だ。クラウスも笑みを浮かべている。クラウスは社交的ではないし、簡単に笑顔にならないことを知っているから、余計に気にかかる。

ううん。考えすぎよ。一応、これは外交なのだから。

だけど、わたしを迎えたときは違っていたわ……。

あのときの彼の冷たさや厳しさを思い出すと、ドロテアに笑顔を向ける彼の気持ちを勘ぐってしまう。

ホールには長細いテーブルがあり、その中心にクラウスの席があった。そして、その隣にドロテアの席が用意されている。エリーゼはクラウスと向かい合う形で座り、自分の両隣にはミレートからやってきた高官と騎士団長が座る。

宰相やその夫人など、ヴァルトの要人もそれぞれ席につき、晩餐会が始まった。エリーゼは両隣の高官と騎士団長をもてなさなくてはならない。が、彼らはこちらに好意を抱いていない様子だ。

いや、別に好かれていなくてもいいのだが、それを表に出すのはどうだろう。エリーゼが話しかけても、そっけない言葉が返ってくる。

エリーゼもさんざん作法を学んだから、他国の王妃に対してその態度はないだろうと思う。一応、国を代表して来ているというのに、その自覚はないのだろうか。

彼らはまだわたしのことを『みそっかす王女』だと思っているのね。

思うのは勝手だが、やはり敬意を払ってもらいたいものだ。ドロテアといい、彼らといい、ヴァルト王国まで何しに来たのだろう。

一方、クラウスはドロテアや別の隣に座る高官夫人と談笑している。高官夫人はともかくとして、ドロテアがやけに馴《な》れ馴《な》れしく接しているのが気に障った。クラウスもいつになく愛想がいい。

再び胸の奥がモヤモヤしてくる。

これは……嫉妬かしら。

嫉妬して当然かもしれない。エリーゼはドロテアにいつも劣等感を感じていた。彼女の華やかな容姿を目にすると、どうしても自分がみすぼらしく感じてくる。社交も少しは上手くなったと思っていたが、次第に自信が失われていく。

それに……やっぱりクラウスとドロテアはお似合いだわ……。

元々、彼はドロテアに結婚を申し込んだのだし、本心では彼女のほうがよかったのだろう。ドロテアもどうしてヴァルトに来たのか知らないが、実際に彼に会ってみれば、気持ちが変わってもおかしくない。

だって、今のところ、ドロテアの前ではまだ紳士的な態度でいるから。冷たくて厳しい、いわゆる『冷酷陛下』と呼ばれているところは、彼女に見せていないのだ。

だんだん自信がなくなるどころか、気持ちがただただ落ち込んでくる。

そんなとき、ふとクラウスと同じ並びに座る王太后と目が合う。

彼女はクラウスとドロテアが笑顔で話しているのをちらりと見て、肩をすくめた。そして、にっこり笑みを浮かべる。まるで、気にしなくていいのよ、とでも言いたげに。

彼女は修羅場をくぐってきた人だ。それこそ、先王を巡っていろんなことがあっただろう。それに比べれば、この状況は大したことがない。

エリーゼも感謝を込めて微笑《ほほえ》んでみせた。彼女がこの場にいるだけで、少しは救われた気がした。少なくとも孤立した感じは消えて、ほっとする。

それにしても……ドロテアはよくクラウスに話しかけている。そのせいで、高官夫人は別の隣の男性とばかり喋《しゃべ》っていた。

ドロテアの言動にいつまでも振り回されていてはいけないのは分かっているのだ。エリーゼは気を取り直して、あまり反応のない高官と騎士団長に話しかけ続けた。


晩餐会が終わり、男女に分かれることになった。

それぞれ晩餐会のホールの横にある隣同士の部屋に入り、男性はお酒を飲んだり、煙草《たばこ》を吸ったりしながら話をする。そして、女性はお茶を飲んだり、お菓子をつまんだりするのだ。

部屋にはソファとテーブルがいくつかあり、数人ずつに分かれた。疲れた人は自室に戻るようだ。長旅で疲れているであろうドロテアが特別貴賓室にさっさと戻ってくれることを、エリーゼは望んでいたが、どうも希望どおりにはいかないようだ。

彼女とは別のテーブルに座っていて、エリーゼは高官夫人と話をした。あの鼻持ちならない高官とは違い、夫人のほうはよく喋ってくれた。元々、話好きなのかもしれないけれど、こちらのほうがいい。彼女は主にミレートの不作について語った。

「わたくしの領地はとにかく雨が降らないのですよ。例年ならたっぷり降るというのに。逆に、今まで降らなかった地域に大雨が降ってしまって、大変な被害が出ましたのよ」

「どちらにしても大変なのですね。地域に合う作物を植えていたでしょうに」

「そうなのですよ！　ああ、王妃様はやはり分かっていらっしゃる。わたくし、王妃様がミレートにいらっしゃるときにお話ししたことがなかったのですけど、こんなに聡明《そうめい》な方だったなんて！」

彼女はエリーゼをすごく褒めてくる。くすぐったくなってくるほどだが、外交としては彼女の夫より彼女のほうが正しいのだ。エリーゼがミレートにいたときには、話しかけるどころか、こちらもまったく見なかったような人であるのは間違いないのだが。

ミレートから来た女性達は、みんな彼女のように元から聡明な王女であったかのように褒めたたえてくる。エリーゼは微笑みながら、それを聞いていた。

時間が経ち、そろそろお開きにしたほうがよさそうだと思ったところで、ドロテアがエリーゼのテーブルに近づいてきた。

「エリーゼ！　久しぶりに会った姉妹同士でお話をしましょうよ」

顔が引きつりそうになったが、周囲は微笑ましく見ている。仲良し姉妹だったように見えているのだろう。そんなことは絶対になかったのに。

とはいえ、彼女はエリーゼに病を治してもらいたいという名目でここに来ている。無下にはできない。

「今日はもう遅いわ。明日にでもゆっくり……」

「あら、明日は明日で、行事があるじゃないの。予定が何もない今夜がいいと思うわ」

とにかく彼女はエリーゼに何か話したくて仕方ないらしい。どうせ嫌味《いやみ》だとか、そういうことに違いない。仕方なく腰を上げた。

「それでは、あちらに……」

部屋の隅のソファが空いているのを見て、そちらに誘導しようとしたが、彼女はエリーゼの手を親しげに握り、にっこり笑う。

「わたしのお部屋へ行きましょう」

個室に連れていかれるのかとゾッとした。しかし、二人で話すことを了承した以上、やはり明日にしようとも言えない。エリーゼはおしゃべりしている女性達に向かって言った。

「皆様、わたし達は席を外しますので、お疲れの方はどうぞご遠慮なくお部屋にお戻りくださいね」

エリーゼは挨拶を済ませて、ドロテアに引っ張られるまま部屋を出ることになった。

「王妃様……」

部屋の隅で控えていたレイアが静かに声をかけてきた。

「ドロテア王女の部屋に行くことになったの」

レイアは分かったというふうに、小さく頷く。姉とは仲がよくないことを何度か零《こぼ》していたから、彼女は警戒する気持ちを理解してくれているようだ。表情には緊張感が表れていた。

彼女はドロテアに気づかれぬようについてきてくれるだろう。最初は母親の陰に隠れた気弱なお嬢様みたいだった彼女は、今は心強い味方になってくれていた。

ドロテアは二人だけになると、ムスッとして、口を利かなくなった。しかし手は離さなかったから、どうしてもエリーゼに話す用事があるのだろう。

一体、なんなのかしら……。

エリーゼのほうは彼女に話すことなど何もなかった。もしかして、実際、何か病気になったとかなのだろうか。それなら分かる気もする。

特別貴賓室に着くと、ドロテアはそこに控えていた侍女を外に追い払った。本当に二人きりになり、少し不安になってくる。

「何かしら。お姉様……用事なら早く……」

「あなた、上手くやってるみたいじゃないの」

エリーゼの言葉を遮り、こちらを振り向いた。眼差しは鋭く、どうやら腹を立てているようだ。だけど、こちらとしては、彼女が怒る理由が分からなかった。

「……ええ、まあ……なんとかやっているわ」

彼女はふんと鼻で笑うと、ソファにどすんと音を立てて腰かけた。彼女がこんなに行儀の悪い仕草を見せるのはあまりないことなので、目を丸くしてしまう。エリーゼは自分だけ立っているのも気まずいので、彼女の向かい側にあるソファに腰を下ろした。

「確かお姉様は病気を治してほしいという要望で、こちらにいらしたはずだけど……」

「そんなの口実に決まってるでしょ。わたしは健康なんだから」

「そうでしょうね……」

彼女が病弱だと嘘をついたのは、クラウスに嫁ぐのが嫌だったからだ。今も病気にかかっているようにはまったく見えない。

「では、どうしていらしたの？」

「あの噂のせいよ」

「噂……とは？」

彼女は苛々《いらいら》したように声を荒げた。

「あの馬鹿馬鹿しい噂よ！　ヴァルト王妃が光魔法を使う『聖女神のいとし子』だとかいうデタラメな噂！」

やはりその噂はミレート王宮にまで届いていたのだ。

「そんなことも言われているみたいね。一応、この国に来てから光魔法が使えるようになったから、まるっきりデタラメというわけではないみたい」

大げさに伝説化しているという話もあるから、どの噂がミレートに届いているのかは分からないけれど、真実も含まれていると言っておく。いや、言わないほうがドロテアを刺激しないのだろうが、嘘をついても仕方ない。

ミレートでは彼女の前で自己主張することはなかった。おずおずと口を挟んでみても返り討ちに遭っていたし、それなら何も言わないほうが利口だと思っていた。

そして、いつもおどおどする『ネズミ』みたいな王女が出来上がったというわけだ。

でも、わたしはもう『ネズミ』でも『みそっかす王女』でも『壁の花姫』でもないんだもの。

そこははっきりしておきたかった。ドロテアの機嫌を損ねたとしても、自分はもうこの国の王妃なのだ。ヴァルト王妃の看板を背負っている以上、ドロテアの言いなりにはならないし、機嫌を取ってばかりにはならない。

「まあ、驚いた！　わたしに逆らうようになったのね！」

「だから……結婚したからには、わたしはもうこの国の王妃なの。わたしを侮辱《ぶじょく》するということは、この国を侮辱することになるのよ」

「あら……どうかしらね」

彼女は唇を歪めて、ふっと笑う。

「いつまでも王妃の座に座っていられると思うのは、ずいぶんお気楽なんじゃないの？」

「……どういう意味なの？」

何かとてつもない嫌味を言われた気がする。エリーゼはドロテアの自信ありげな言い方が気になった。

「クラウス陛下はあなたにはもったいないってことよ。元々、わたしに縁談が来ていたんだもの。ということは、大陸一の美貌姫と謳《うた》われたわたしと結婚したかったはず」

　エリーゼの胸に何かが突き刺さった気がした。なんだかとても痛い。急所を突かれた衝撃があった。

「で、でも、お姉様は嫌だから断ったんでしょ……。それに、わたしが王妃になったんだもの。今更そんなことを言ったって……」

「前は、クラウス陛下があんなに素敵な人だなんて知らなかったんだもの。何よ、冷酷だとかなんとかいうのは、それこそただの噂でしょ。今なら喜んで結婚するし、今からでも遅くないと思うのよね。光魔法でなくても、わたしみたいな攻撃魔法を使える人はそんなにいないわけだし」

　そう言いながら、彼女は手の中で炎を出してみせた。

　エリーゼはゾクッとする。彼女が炎を出すときは要注意だ。何度となく小さな火傷《やけど》は負わされたし、危うく大火傷させられそうになったこともあった。

　まさか、ここでわたしにその炎を……？

　いや、いかにドロテアであっても、他国の王妃にそんな真似《まね》はしないだろう。変な妄想をして、クラウスを奪おうと思ったところで、エリーゼが王妃であることは事実だ。怪我をさせたら、彼女は無事では済まないだろう。

そうよ……。

ただ、エリーゼの頭の中に、晩餐会のときの情景が甦《よみがえ》る。クラウスが笑みを浮かべて、彼女と話す姿が浮かんできて、胸の中に重りが入れられたようになった。

「まあ、さすがにこれは物騒すぎるけど……」

彼女はそう言いつつ、炎を消したのでほっとする。が、何を思ったのか、手を伸ばして、エリーゼの腕を強く掴んだ。

「痛いわ……お姉様。離して」

手を振り払おうとしたけれど、何故だか振り払えない。そして、何故だかドロテアの瞳は異様な光を放ち始める。

え……何？

エリーゼの記憶の中に何かが浮かび上がってくる。

そういえば、ずっと昔――わたしがまだ子供の頃、同じようなことがあった。彼女はわたしの腕を掴んで……。

「光魔法なんか使えなくしてやればいいのよ。そうすれば、元の役立たずに戻れるじゃない？」

「えっ……お、お姉様……？」

「そうよ。ずっと前に封じていたはずなのに、どうして使えるようになったのかしら」

どういうことだろう。封じていたというのは、光魔法のことだろうか。ドロテアはエリーゼが子供の頃に光魔法の素質を持っていることに気づいて、なんらかの力で封じていたのか。

そんな……まさか！

身を乗り出してきた彼女の奇妙な眼光に耐えられず、顔を背けた。

「何してるのよ！　こっちを見なさいよ！　逆らうんじゃない！」

怒鳴り声を上げ、エリーゼは頬を叩かれた。しかし、本能的に目を開けてはいけないと思ったから、ギュッと閉じる。すると、髪を引っ張られた。

「痛い！　離して！」

「だから、目を開けろって言ってるでしょう！　開けなきゃ顔を焼いてやるから！」

熱さを感じて、思わず目を開ける。すると、彼女の手の中でメラメラと炎が燃えていた。

「さあ。こっちを見るのよ。そうじゃなきゃ……」

そのとき、突然、どこからともなく大量の水が彼女の頭の上から降ってきた。

「なっ……何よ！　一体……！」

エリーゼの身体は自由になり、慌てて逃げ出す。すると、いつの間にか部屋の扉が開け放たれていて、そこにクラウスが立っていた。彼はエリーゼを自分の背に隠した。

「クラウス……！」

「怪我はなかったか？」

「ええ……。頬は叩かれたけど」

幸い火傷はしていない。エリーゼは震えながら、彼の背中にしがみついた。

「お、お姉様が……わたしの光魔法を封じるって……。わたしが子供の頃に封じていたみたい」

「道理で。彼女と離れたから、覚醒することができたんだな」

なるほど、そういうことか。マナが濃いとか、相性がいいとかではなかったのだ。

ドロテアは髪からドレスに至るまで水浸しになっていたが、目だけが爛々《らんらん》と光っている。激怒の表情だが、水浸しのせいで美しさはどこにもない。

「よくもわたしをこんな目に……！」

「それはこっちの台詞《せりふ》だ。よくも大事な妃に無礼な真似をしたな。おまえが隣国の王女でなければ、牢《ろう》にぶち込んで処刑してやったものを」

「な……なんですって。この……大陸一の美貌の持ち主であるわたしを処刑ですって？」

クラウスはいかにも軽蔑したように嘲笑《あざわら》った。

「美貌がなんだ。いつかは年を取るし、そうなったときおまえには何も残らない。優しさを伴わない賢さもいつかは見抜かれる。女狐《めぎつね》みたいにずる賢いと思われるだけだ」

彼の言葉は辛辣だった。そこまで悪口を言われたことがないドロテアはさすがに口をポカンと開けたまま何も言えなくなっていた。彼女からすると、晩餐会で彼を手懐《てなず》けたように思って

いたかもしれないが、それは間違いだったのだ。

といっても、エリーゼにもそのように見えていたから、彼女が勘違いしていたとしても責められない。

「処刑は回避してやるから、荷物をまとめて、明日帰るがいい」

「そんな……。ここへは一週間の予定で、友好国として……」

「その友好国の王妃に何をした？　ミレートの国王には抗議をするし、旅に随行した高官にも事情を話しておく。これ以上、大事な妃に何かされたら、たまったものじゃないからな」

クラウスはエリーゼの肩に手を回すと、くるりと彼女に背を向けた。ちらりと振り返ると、彼女は茫然《ぼうぜん》としたままソファに腰を下ろすところだった。濡れネズミのようになっていて、今まで見た中で、一番惨めなドロテアの姿だった。

廊下にはドロテアの侍女達とレイアが心配そうに見ている。クラウスとエリーゼが外に出ると、侍女達が急いで入っていき、ドロテアに声をかけた。

「王女様、大丈夫ですか……？」

「き、着替えをいたしましょう。それともお風呂に……」

ドロテアは放心したようになっていて、彼女達の問いかけに答えなかった。

エリーゼは待っていてくれたレイアに声をかける。

「ありがとう。あなたが陛下を呼びにいってくれたの？」

「はい。異常な事態だと思いまして」

彼女の機転のおかげで、エリーゼは光魔法を封じられずに済んだ。ひとつ間違えれば、火傷もさせられるところだったのだ。

クラウスも彼女に感謝しているようだった。

「おまえには何か褒美を遣わそう。とりあえず、妃を部屋に連れていって、湯浴《ゆあ》みをさせるなり、何か温かいものを飲ませるなりしてやってくれ」

「承知しました」

彼はエリーゼをレイアに託して、足早に廊下を歩いていく。おそらくこれからミレートの高官達を締め上げるのだろう。

でも……嬉しかった。

助けにきてくれたこともそうだが、彼が『大事な妃』と二度も呼んでくれたから。

それに、ドロテアの美貌にも惑わされなかった。彼女よりエリーゼのほうを選んでくれたのだ。

晩餐会のときの憂鬱だった気分はすっかり晴れていた。

第七章　すべてが幸せに

　クラウスの宣言どおり、ミレート一行はヴァルト王宮を追い出されることになった。その前にすでに早馬の使者を送っており、彼らがミレート王宮に着く前に、理由と抗議内容を書いた文書が国王の手に渡るようにしたらしい。

　たった一日で王女とその一行を追い出すなんて、失礼かもしれないが、先に向こうが無礼な真似をしたのだから、追い出されても文句は言えない。それこそ、ミレートの王女でなければ処刑されていたはずだ。

　そんなわけで、エリーゼの頭痛の種だったドロテアの姿は王宮から消えた。

　エリーゼは高官からクラウスへの取りなしを懇願されたものの、それに応じるつもりはなかった。せめて、彼が晩餐会のときに嫌な態度を取らなければよかったのに。そういったことで、外交に有利な立場に立てるかどうかが決まるのだ。

　そういう意味では、彼の夫人のほうがずっと賢かった。彼女は延々と不作について語っていたし、別の日に援助を請うつもりだったのだろう。もちろんそれもできなくなったのだが。

それにしても、賢いと評判だったドロテアがどうしてあんな真似をしたのか。

エリーゼは未《いま》だに理解できなかった。

なので、夜になって、クラウスが寝室を訪ねてきたときに訊いてみた。

「……理解できないのか？」

彼はベッドに腰かけて、隣に同じように腰かけているエリーゼの肩を抱き、髪の毛をいじりながら訊き返してくる。エリーゼは夜着だけ、彼はガウンだけの格好なので、寄り添うだけで体温がすぐに伝わってきた。

「そうなの……。お姉様はいつだって余裕がある態度だったわ。わたしのことはいつも上から見ている感じだったし、どうして急にわたしのことが気になったのか分からない」

「馬鹿にしていた相手が、女神の生まれ変わりみたいに持ち上げられているんだ。馬鹿にしていたほうとしては面白くないだろう。要するに嫉妬だな」

女神の生まれ変わりとは、女神に申し訳なく感じてくる。しかし、エリーゼが望んでそう言われているわけではない。

「子供の頃に、お姉様がわたしの魔法を封じたのもきっと同じ気持ちから……」

「そのことだが、おまえの姉は精神魔法を使うようだな。知らずにいたら厄介だったよ。昨日のうちにもう一回会って、魔法封じの腕輪をつけさせたし、ミレート国王宛ての文書に事情を書いておいたから大丈夫だと思うが」

「精神魔法って……人の心をコントロールするっていう……」

ミレートでは、とにかくドロテアは持ち上げられていた。才女で美貌の持ち主として有名だったたし、確かに美しくて社交上手であったたし、勉強もよくできたようなのだが、冷静に考えると本当に才女と呼ばれるほどだっただろうか。

彼女はいつも自信満々だった。だって、相手の心を操れるからだ。さほど賢くなくても、賢そうに見せることはできたかもしれない。

「わたしの魔法を封じて、あなたの新しい妻に収まるつもりだったみたいだったけど……」

「あっちのほうが最初に縁談を断ってきたというのに。何を考えているんだ。どうせおまえの名声を奪いたかっただけだろう。何しろ俺は評判の悪い国王だからな」

彼は自分の価値について、低く見積もっている。が、実際、エリーゼも彼のことをよく知るまでは、恐ろしい人だと思っていた。

「実際に見たら、わたしにはもったいないと思ったそうよ。わたし……晩餐会のときに、あなたとお姉様が親しそうに話しているから……」

「なんだって？　おまえ、あれが親しそうに見えたのか？」

彼はおかしそうに笑いだした。

「だ、だって……美男美女でお似合いだったわっ。誰が見ても……わたしよりお姉様のほうがすべてにおいて優《まさ》っているし……」

「それはおまえの勘違いだ。そうでなければ、あの女の精神魔法でそう思わされていただけだ。俺は皮膚一枚の美醜に興味はない。いや、あの女がどんなに美しかろうが、晩餐会の最中にずっとおまえの悪口や自分の自慢話ばかりしてくる女など、軽蔑しか感じない」

「え……と、あなたはずっと笑顔だったのに？」

　エリーゼは少なくともそう感じていた。彼が優しい笑顔でドロテアの話を聞いているように、こちらの目には見えていたのだ。

「一応、国賓だからな。人の目に触れるところで邪険にはしたりしないさ。俺のことも精神魔法でどうにかできると思っていたようだが、その手の魔法には耐性があるんだ。世継ぎの王子ともなれば、危険がたくさんあるから」

　彼は子供の頃から身体を毒に慣らしていたらしいが、同じように心も操られないように鍛えられていたのだろう。ミレートではそういうカリキュラムはなかったような気がする。

　しかし、その結果がドロテアによる精神の支配なのだ。王女はドロテアの他にはエリーゼだけだった。自分よりちやほやされる存在なんて許せないだろうし、エリーゼを家族から嫌われるように仕向けていたのかもしれない。

　わたしの人生における苦難のほとんどは、ドロテアによるものだった……？

　そう考えると、彼女から逃れられてよかったと思う。彼女の代わりに、この国に嫁げて幸運だったのだ。

エリーゼは彼女の支配から抜け出し、最初から使えていたはずの光魔法に覚醒し、あらゆる努力をしたおかげで王族らしい自信が生まれた。

「やっぱり、わたし、ヴァルトに来てよかった。あなたと結婚できて、本当によかった！」

「ああ。それは俺も同じだ」

「えっ……」

一瞬何を言われたのか分からなかった。ポカンとしていたら、彼が言葉を続ける。

「俺もおまえと結婚できてよかったと思っているということだ」

彼がそんな甘い言葉を口にするとは信じられなくて、エリーゼは彼の表情を確認しようと横を向いた。彼は笑いながら肩に回していた手を離して、こちらを向いてくれる。

いつになく優しい目つきで、それを見ているうちに何故だか顔が熱くなってきた。

「信じられないか？」

思わず頷きかけて、慌てて首を横に振る。

「そ、そうじゃなくて……えぇーと……」

「無理しなくていい。信用されなくても仕方がないと思っているからな。第一印象なんて最悪だったろう」

それには気がついていたのか。いや、あのときはミレート一行を追い出してくて、わざと最悪になるように仕向けたのかもしれないが。

「最初に結婚しようと思ったのは跡継ぎが必要だと思ったからだ。だから、おまえの姉に縁談を申し込んだ。見た目がよければ飾りにちょうどいいし、後は子供を産んで、適当にやってくれればそれでいいと……。俺は女を愛するつもりはなかったからだ。父みたいに愛する妻を亡くした後は抜け殻のようになるくらいなら……」

エリーゼは胸の奥に痛みを感じた。

先王のことは彼自身と王太后から聞いた。確かに彼の母親が亡くなってから、先王は側妃を次々と迎え入れながら、彼女達や子供達に何が起ころうと無関心だったという。それは妻を愛するが故だったのだ。

それを傍で見ていたクラウスからすれば、愛に翻弄されたくないと思うのも無理はない。けれども、なんだか胸が苦しい。自分が愛されることがないことよりも、彼が愛のない人生を歩もうとしていることが悲しくて仕方なかった。

「だが、ここへ来たのはおまえだった。小動物みたいに怯えながらも挨拶をするおまえは、なかなか愛らしかった」

「でも……」

愛らしいと感じてくれたのは嬉しいが、最初に会ったときの彼はそんなふうに感じていたとはとても思えない振る舞いをしていた。

「いや、本当だ。おまえが妃になると聞いて、情報を取り寄せた。そうしたら、おまえの姉よりもずっと評判がよかった」

「それは何かの間違いじゃないかしら……」

自分の評判がよかったとは思えないからだ。いつも王宮では嘲笑の的だった。

「貴族はともかくとして、国民の支持が高かった。彼らはおまえが毎日教会で祈りを捧げていたことや、貧しい者や孤児、病人、怪我人を励ましていたことを知っている。国民から愛されるには、それだけで十分だ。俺はおまえが妃でよかったと思う」

自分が地道にしてきたことが報われる瞬間があるとすれば、それが今なのかもしれない。

教会に祈りを捧げたり、慰問に出かけたりするのは、もちろん人気取りのためなんかではなかった。『みそっかす王女』と揶揄《やゆ》される自分でも、誰かの役に立ちたかったからだ。そして、役に立つ自分であることを確信したかったからでもあった。

「あんなの全部、自己満足だと思っていたのに……」

実際、家族にはそう言われていた。ただの自己満足で、誰もおまえなんかに感謝はしないと。だけど、実際にはお礼を言われたりすることも多かった。

「雲の上のお姫様が下界に下りてきて、自分達のために動いてくれている。そんなふうに国民は見るものさ。着飾って澄ましているのを遠くから見るだけじゃ、好きにはなれない」

自分が雲の上のお姫様だとは思わないが、彼らからはそう見えていたというわけだ。

「だったら……よかったわ。ミレートでも誰かの役に立っていたんだもの」

「まあ、役に立つとか立たないとか、俺にとっては関係ないがな」

「え、だって……」

彼が妃に望むのは、自分や国のために役に立つことだったように思うのだが、違ったのだろうか。跡継ぎを産んで、後は飾りにすればいいと……。

「もちろん最初は違っていたが、おまえをよく知っていくうちに、気が変わったんだ。震えながらも王女らしくあろうとして努力を重ねる姿や、ドレスが汚れようとも俺の弟や妹の相手をする姿を見て、おまえがこの国に嫁いできてくれてよかったと思った」

「ほ……本当に……？」

彼がそんなことを考えているとは思わなかったから、なんだか信じられなかった。いや、考えていたとしても、わざわざ言葉にしてくれるとは思わなかったのだ。

「嘘は言わない。こんな嘘を言う理由もないしな。光魔法の使い手だったことは、俺にしてみればおまけみたいなものだ。俺は……」

彼は突然エリーゼの頬を両手で包んだ。深青色の瞳がまっすぐにこちらを射抜くから、胸がドキンと高鳴る。

「俺は……おまえを見るたびに変になった。今まで感じたことのない感情が湧いてきて……。理由は分からなかった。でも、昨日、おまえがあの女に襲われているのを見たとき、はっきり分かったんだ」

エリーゼは彼の顔から目が離せなかった。いつになく真剣な表情で、まるで魅入られたように視線が固定されてしまう。

だって……彼は何を言おうとしているの？

まさか……。

彼はほんの少し躊躇いつつも、はっきりと言った。

「俺はおまえが好きだ。愛することはないと言ったのに、いつの間にか愛していた……」

ああ……。

胸の奥が震えて、涙が零《こぼ》れ落ちる。とても感情が制御できない。唇も震えて、何も言えなかった。

彼はふっと笑って、優しげな眼差しで頬を撫でた。

「馬鹿だな。何も泣くことはないじゃないか」

「だって……愛してる……なんて言われることはないって……諦めていたから……」

切れ切れの自分の気持ちを伝える。いつだって、彼のたまに見せてくれる優しさから、愛情の欠片をひとつでも見つけたいと願っていた。だけど、彼自身も気づかぬうちに、愛してくれていたのだ。

「じゃあ、嬉しいのか？」

エリーゼは頷いた。

「わ、わたしも……愛してるから……」

「そうか！」

彼は喜びに満ちた表情になり、抱き締めてきた。

「正直に言うと、告白するのは怖かった。初対面での俺の態度はよくなかったし、おまえが実は俺のことが嫌いだったらと思うと……」

そんな気弱な考え彼には似合わない。だけど、もし彼にそういう部分があったとしても、嫌いになんてなれない。新たに好きな部分ができるだけだ。

「あなたに本当の気持ちが知られたら、きっと嫌われると思っていたわ……。だから、ずっと愛情を表に出さないようにと我慢していたの」

そう。自分は態度に出過ぎているのではないかと心配していたのだ。

「これからは我慢なんてしなくていい」

「愛してる……って言っていいの？」

「ああ。もちろん」

「わたしから好きなだけキスしてもいい？」

「いつでもしていい。今からでもいい」

彼の胸に顔を埋めていたが、その言葉で上を向いた。彼の顔がすぐ近くにある。蕩《とろ》けるような目つきを見ると、胸がどうしても高鳴る。

クラウスがわたしを愛している……。

胸が感動でいっぱいになり、じっとしていられず、そのまま唇を重ねた。二人の間には一方通行の愛しかないと思っていたときより、気持ちが通じ合っていると分かってからのほうが、同じキスでも感じ方が違う。

喜びに満たされているから、ひとつになりたい思いがいつもより大きいのだ。頭の中がふわふわしてきて、エリーゼはただ彼の舌に自分の舌を絡めていく。もう遠慮なんていらない。彼への愛情をいくらだって表に出していいのだ。

そう思うと、余計に身体が高ぶってくる。

愛してる……。愛してる。愛してる……！

胸の中がそれだけではち切れそうになる。

やがて、クラウスは唇を離して、エリーゼの夜着を引っ張った。

「これは邪魔だな」

彼は夜着を脱がせてしまうと、自分もガウンを脱ぎ捨てる。生まれたままの姿になり、ベッドに転がりながら抱き合った。

心がとても軽くて浮き立っている。今まで自分の中にあった重い枷《かせ》が消えたようで、自由になれたような気がしていた。

二人は大きなベッドの上を右に左に転がっていたが、やがて彼はエリーゼを自分の上に載せた。エリーゼは彼を見下ろす形になる。たまにこういう体位になるときがあるが、彼を見下ろすのはいつも気恥ずかしかった。

彼はエリーゼの気持ちを見抜いていて、ニヤリと笑う。

「おまえの恥ずかしそうな顔が好きだ」

「そ、そんなことを言われても……」

「だから、もっと恥ずかしがるところが見たいな」

何を言い出すのだろうと思ったら、彼はエリーゼに後ろ向きにまたがるように指示した。今とは逆向きで、彼にお尻を向けることになる。

「え、でも……」

似たような格好で抱かれたこともあるが、これほど恥ずかしくはなかった。まるで秘部を下から覗き込まれているようで、脚が震えてくる。

「こ、これは……ちょっと……」

「大丈夫だ」

何を根拠に大丈夫だと言っているのか分からない。そもそも、何が大丈夫なのか。とはいえ、これが彼の希望なら甘んじて受けよう。

だって、愛しているから……。

恥ずかしくても、なんとか頑張れる。

「さあ、おまえから愛撫してくれ」

彼に促されて、エリーゼは彼の勃ち上がっているものを両手で包んだ。口で愛撫するのは嫌じゃない。

わたしの愛撫に彼が反応してくれると、それだけで嬉しい……。

彼に愛がないと信じ切っていたから、そんなわずかな繋がりを感じられることが嬉しかったのだ。だけど、彼が愛してくれていると分かった今では、今度は自分がその愛に応えたい。

というより、今まで抑えていた自分の愛情をもっともっと出して、彼にその愛情の深さを感じてほしい。

だから……。

唇を当ててそっとキスをする。そして、舌を出し、敏感な部分を舐めてみた。まるで焦らすように、ゆっくりと。

わたしにもこんなことができたのね。

クラウスを焦らすなんて、今まで考えたこともなかった。彼に気に入られるように必死だったし、ただ熱心に愛撫するすべしか知らなかった。でも、今は違う。二人の間には確かな愛情がある。その自信が余裕に繋がっていた。

丁寧に舌を這《は》わせ、指を絡める。なんだか自分が妖艶な女にでもなった気分だ。正直言って、自分がこんなことができるようになるとは思わなかった。彼と結婚する前は、本当に何も知らない小娘だったし、彼に抱かれてすぐのときはぎこちない愛撫ばかりだった。

だけど、今はもう……。

エリーゼは先端を口に含んだ。それでも焦らしたい気分なのは変わらないから、含んだまま舌を絡めたり、唇を離したりを繰り返す。そうすると、彼が焦れてきたのが分かる。

彼のこんな反応が引き出せるなんて……！

そういえば、いつも彼の愛撫に翻弄されてばかりだった。いつも受け身でいたのだ。こうして能動的に愛撫することで、自分にも彼を翻弄できるのだという新しい発見をした。彼の反応を感じて、妙にゾクゾクしてくる。

愛撫しながら興奮してるみたい。そう思うと、両脚の間が何故だか熱くなってきた。

やだ。わたしったら……。

エリーゼは猛《たけ》ったものを口に含み、唇を窄《すぼ》めてみた。頭を動かし、舌を絡める。こうすれば、きっと彼はもっと感じてくれるはず。

もっと翻弄させたくて、熱心に愛撫していく。

だが、ふと秘部に触れられて、ビクンと身体が震えた。

「ん……んんっ……んっ」

そこを弄られると、愛撫に集中できない。でも、触れられると気持ちがいい。次第に気持ちが彼からの愛撫に向かってしまう。

「……すっかり濡れているぞ」

彼はそう言いながら、指を挿入していく。同時に敏感な部分にも指を這わせる。

「んっ……あぁんっ！」

大げさに身体が揺れて、我慢できずに口を離してしまった。もっと彼に反応してもらいたいのに、刺激が強すぎて上手くいかない。

これは……わざと？

そんな気がする。愛撫に屈服する自分を見たいのかもしれない。エリーゼが彼の反応を引き出したくて愛撫しているのと同じ気持ちなのだろう。

「あぁっ……んっ……ぅんっ」

彼が指を出し入れするたびに、湿った音がする。秘部はたぶん蜜に塗れているのだ。恥ずかしいけれど、止めようがない。エリーゼはいつの間にか、彼の身体の上でぴくぴくと痙攣《けいれん》するように身体を震わせていた。

「も……いいの。……ねえっ……んんっ」

愛撫をやめてほしい。それより彼が欲しい。

それでも彼は言うことを聞いてくれなかったけれど、そのうちに彼も我慢ができなくなってきたのだろう。とうとうエリーゼを身体の上から下ろして、シーツの上に横たえた。

改めて彼の顔を見つめる。彼は興奮した顔つきをしていたが、きっとそれは自分も同じだろうと思う。

激しくキスを交わすと、身体はもっと高まってくる。

ああ、もう我慢できない！

クラウスはエリーゼの両脚を折り曲げるようにして、深く挿入してきた。

「あぁっ……！」

奥まで当たる感じがして、思わず大げさな声を出してしまった。思わず口を押さえた自分を見て、彼は笑った。それがとても優しく笑い方に見えて、思わず見惚れてしまう。

これが彼の愛……なんだわ。

今になってみると、彼のこんな笑い方は何度も見たことがある。しかし、そのときは愛されていないと思い込んでいたから、気づけなかった。

でも、今なら分かる……。

わたし、彼に愛されている。

そう思うだけで、不思議と高揚感がある。

彼が動くたびに何度も奥に当たり、そこから甘い疼きが走った。下腹部から全身へと広がる快感に、頭の芯まで痺れてくるようだった。

すごく気持ちいい。

でも……。

彼ともっと触れ合いたい。抱き締められたい。抱き締めたい。

エリーゼはそんな思いで彼に向かって両手を差し出す。彼はそれに応えるようにきつく抱き締めてきた。もちろんこちらからも抱き締め返し、彼の腰に両脚を絡める。

密着する身体はとても熱く感じる。彼のほうもきっと同じようにも思っているはず。

彼が速いスピードで動いている。

ああ……もっと……もっと。

快感だけが欲しいわけじゃない。彼の情熱が欲しい。彼のすべてを自分のものにしたい。だから、もっと……。

すべてが高まり、やがて頭の天辺《てっぺん》まで鋭い快感が突き抜けていく。

「あぁぁぁんっ……んっ！」

彼が少し遅れて己を手放した。

エリーゼは全身を余韻に包まれて、夢見心地のまま彼の腕に抱かれていた。


目を閉じたままじっとしていると、ふと頭の中に何かが浮かんでくる。

最初は柔らかな光だった。その中から薄布をまとった神々しい女性の姿が見えた。顔ははっきりとは見えないが、長い髪が印象的だった。

彼女は厳かな声で尋ねてきた。

『贈り物は気に入ったか？』

それは神の声だ。生まれ変わるときに聞いた声と同じだった。

贈り物は……なんだったの？

あなたはリアンガイナ……？

女神は何も答えず、どこかを指し示した。すると、そこにはクラウスがいた。彼は何かを腕に大事そうに抱えている。

それは赤ん坊だった。

銀髪の可愛い赤ちゃん……。瞳は深青色だ。

そのとき、たった今、エリーゼは自分が身ごもったことを知った。そして、贈り物がなんだったかということにも気づいた。光魔法なんかではなかった。

エリーゼは前世で死ぬべきときではないのに命を失った。その未来ではきっと結婚して、子供を授かっただろう。

だから、お詫《わ》びの贈り物だったのね。

『ありがとう、女神様……！』

女神は笑みを浮かべた。

『おまえが自分の道を切り開かなければ、この贈り物は最高の形で手にできなかった。だから、今の幸せはすべておまえのもの……。遠慮せずに受け取るがいい……いとし子よ』
次第に声が遠のいていく。光も薄れていった。
女神の姿はもう見えない。
けれども、エリーゼは幸福感に包まれていた。

目を開けると、エリーゼはまだベッドでクラウスとしっかり抱き合っていた。互いの熱と鼓動を感じる。

なんて幸福なんだろう。もうそれ以外の言葉が見つからない。ただただ幸せなのだ。

女神の声はまだ頭に残っている。自分はとてつもなく素晴らしい贈り物を授かった。まだ妊娠ははっきりしないだろうが、エリーゼの中では身ごもった感覚がある。

彼の愛情もきっと贈り物なのだろうか。だが、女神が授けてくれただけでなく、エリーゼが勝ち取ったものでもある。

だから、女神は言ったのだ。

『今の幸せはすべておまえのもの……』と。

徐々に鼓動は普通に戻る。ずっと抱き合ったままでいたかったが、そうもいかない。やがてクラウスは身体を離した。

いつもなら、これで終わりという感じだが、今日はなんだか物足りない。彼も同じように思ったのか、再び優しく身体を引き寄せると、軽くキスをしてくれた。

「今日はおまえと朝までここにいたい」

そんなことを言われたのは初めてだった。彼は少しの間ここにいてくれても、結局は自分の部屋に帰っていった。朝まで一緒にいたことなど一度もない。

「本当？　嬉しい……」

思わず本音で返すと、彼は少し笑って、また小さくキスをする。

「おまえは本当に可愛いな」

「そんな……。ううん、ありがとう」

いつもなら謙遜するところだが、せっかく彼がくれた褒め言葉なのだから、ありがたく受け取っておく。彼も満足そうだ。

「おまえは自分で思っているより、ずっと綺麗で可愛らしい。それに、多くの人に好かれている。『聖女神のいとし子』だからじゃない。おまえという人間が好かれているということに、もっと自信を持っていい」

彼が言うとおり、エリーゼにはまだどこか自信がなかった。表面的には王妃にふさわしい言動ができるようになっていたが、それでもドロテアに会えばすぐに揺らぐような自信だ。前世からずっと続く虐げられた人生で、自信なんて持つことはなかった。だから、今もささいなことで落ち込んでしまう。

「でも……すぐには変われないわ」

それはよく分かっている。たとえドロテアが今まで思っていたような完璧な王女でなかったことに気づいても、劣等感はなかなか消えていかないものだ。

「分かっている。だから……これからは毎日おまえに言いたい。おまえは俺にとって特別な女だと」

彼の真摯な気持ちが胸に沁《し》みとおっていく。

そんなにわたしのことを想ってくれているなんて……。

感激に胸が詰まり、自然と涙が溢《あふ》れ出てきた。すると、彼はエリーゼの涙を指で拭き取り、ふっと笑みを浮かべる。

「馬鹿だな。泣かなくていい」

「だって……嬉しくて」

「嬉《うれ》し涙か。それなら、おまえをもっと泣かせるのもいいのかもしれない」

彼は耳元で囁き、それから涙の跡にそっとキスをしてきた。

優しい……とても優しいキス。

深い愛情が伝わってくる。これほどの愛をもらうことができて、本当に幸せだ。

だから……。

わたしもこの愛をたくさん彼に返していきたい。

これから続く人生。可愛い子供が生まれて、それからもずっと。

永遠に……。

「……愛してるわ」

彼も甘く低い声で囁く。

「ああ。愛してるぞ」

それは何よりエリーゼを奮い立たせる魔法の言葉だった。

あとがき

こんにちは、水島忍です。今回は書いていてすごく楽しい話でした。好きなのは、なんといってもクラウスの言動ですね。俺様すぎるセリフを書くたびに、心の中で『あんたって奴はホントに……』とツッコミを入れてました。

でも、自己肯定感低めのエリーゼをスパルタで教育したり、いいところは本気で褒めてくれたり、もちろん優しい面もあります。誰かを愛したりしないと頑なに思っていましたが、結局はエリーゼを好きになり、愛していることも素直に認めます。実はいい奴です（笑）。

エリーゼはクラウスの助力に応える形で努力をして、彼にふさわしい妃になりました。でも、姉ドロテアのせいで自己肯定感が低めなだけで、元から民を愛する心やそのための行動力を持っていましたよね。ドロテアさえいなければ……ってやつです。

さて、今回のイラストはなおやみか先生です。エリーゼの可愛らしさ、クラウスの見た目クールなところ……ドキドキ。うっとりする素敵イラストをありがとうございました！

それでは、このへんで。楽しんでいただけたら嬉しいです。

水島　忍

Mitsuneko Label F

蜜猫F文庫をお買い上げいただきありがとうございます。
この作品を読んでのご意見・ご感想をお聞かせください。
あて先は下記の通りです。

〒102-0075 東京都千代田区三番町8番地1三番町東急ビル6F
(株)竹書房　蜜猫F文庫編集部
水島忍先生/なおやみか先生

転生王女は今世も虐げられていますが冷酷陛下に甘く愛されてます

2024年10月1日　初版第1刷発行

著　者　水島忍　
発行所　株式会社竹書房
〒102-0075
東京都千代田区三番町8番地1三番町東急ビル6F
email : info@takeshobo.co.jp
https://www.takeshobo.co.jp
デザイン　antenna
印刷所　中央精版印刷株式会社